Husch Josten
Hier sind Drachen

Husch Josten

HIER SIND DRACHEN

Roman

BERLIN VERLAG

ISBN 978-3-8270-1348-4
© Berlin Verlag in der Piper Verlag GmbH, München / Berlin 2017
Satz: Sieveking · Agentur für Kommunikation, München
Druck und Bindung: CPI books GmbH, Leck
Printed in Germany

Für Henriette – und ihren Sinn für Unmögliches

»Denn um dem Denken eine Grenze zu ziehen,
müßten wir beide Seiten dieser Grenze denken
können (wir müßten also denken können,
was sich nicht denken läßt).«
(Ludwig Wittgenstein, *Tractatus logico-philosophicus*)

1

Die Hallendecke senkte sich langsam. Unaufhörlich. Gleichmäßig. Sie kam geräuschlos herab, verschlang Zentimeter um Zentimeter der wolkenweißen Spanndecke, der spiegelnden Wandpaneele im Obergeschoss des Terminals, die Werbebilder für Trenchcoats, Parfüm und Versicherungsunternehmen, das silberne Geländer, sodann die Köpfe und Körper der im ersten Stock herumlaufenden Fluggäste. Die Decke krauchte tiefer und tiefer nach unten, stauchte die Halle auf die Höhe eines Schuhkartons zusammen, und Caren sah zu. Seit Monaten passierte ihr das. Zu Hause, im Hotel, im Zug, in der Redaktion, am Flughafen wie hier. Sie saß irgendwo oder lag auf ihrem Bett, dachte nach oder dachte an nichts, und auf einmal kam die Decke herab. Na gut, hatte sie sich in den ersten Wochen gesagt, steckte sie also in einer merkwürdigen Phase mit sinkenden Zimmer- und Hallendecken. Es würde vorübergehen. Sie versuchte es mit Meditation, schließlich sollte man – hatte sie anfangs gemeint – herabkommenden Decken etwas Sinnvolles entgegensetzen. Aber Caren gelang es nicht, sich auch nur zwei Minuten auf ihr Atmen zu konzentrieren. Die Gedanken trudelten sofort, mäanderten durch ihr Hirn, lenkten vom

Luftholen und Luftlassen ab, forderten ihre Aufmerksamkeit. Und wenn sie die Augen schloss, sich das kinnlange, blonde Haar aus dem Gesicht strich und ans Atmen dachte, wenn sie versuchte, sich darauf zu konzentrieren, wähnte sie zu hyperventilieren und lenkte sich flink mit dem Erstellen von Einkaufslisten, Staubsaugen, noch zu erledigenden Anrufen ab; Dingen, bei denen man vor sich hin atmen und die anstrengende Angelegenheit des Luftholens vergessen konnte.

Verwirrung, als es das erste Mal geschehen war: in Paris, auf ihrem Hotelbett, zehn Monate zuvor. Sie hatte gezwinkert, sich in den Arm gekniffen, hatte aufstehen, nach ihrem Handy greifen wollen, aber es war ihr nicht möglich gewesen. Sie war verunsichert, zugleich so gebannt gewesen, dass sie sich nicht hatte rühren, kaum atmen können. Natürlich, hatte sie in diesem Moment gedacht, natürlich hatte das mit *Charlie* zu tun, dem Anschlag, über den sie gerade berichtet hatte. Natürlich war das eine Reaktion, musste das eine hysterische Reaktion sein auf die Geschehnisse des siebten Januars, die sie aufgewühlt hatten – anders als jedes der Attentate, über die sie geschrieben hatte. In Paris, in der Métro, hatte Caren sich erstmals zwingen müssen, keine Angst zu haben, sich nicht umzusehen nach Gesichtern, die verdächtig aussahen (wie genau sähe so ein Gesicht aus?), nach Menschen, die große Taschen mit sich trugen, in denen sie vielleicht Bomben, Gewehre, Handgranaten und nicht einfach Akten oder die Wäsche aus der Reinigung transportierten. Vorher war es ihr nicht so gegangen. Nicht nach New York. Nicht nach Boston. Beide Male war sie mit dem Leben davongekommen. Unverletzt. Beide Male hatte sie nur durch glückliche Fügungen die Flugzeuge und Detonationen verpasst. Damals, an diesem Septembermorgen in New York. Dann, Jahre später, am Patriots' Day in Boston. Zufall, dass sie als Praktikantin bei WABC TV als Botin eingesprungen war, aus dem 110. Stock einen Umschlag zum Portier gebracht und danach, weil das Wetter so schön gewesen war, Bagels zum Frühstück für sich und ihre Kollegen geholt hatte, als das Flugzeug in den Nordturm gerast war. Fatum, dass sie mit den Freunden, die den Boston Marathon mitgelaufen waren, verabredet hatte, sie nicht an der Ziellinie, sondern ein paar Blocks weiter, fernab des Trubels zu treffen. So hatte sie es all die Jahre gesehen. Doch dann Paris. Keine unmittelbare Gefahr mehr für sie, kein Dabeisein, sondern ein normaler Arbeitsauftrag. *Fang mal ein bisschen die Stimmung ein, erzähl, wie sich Paris gerade anfühlt.* Auf dem Bürgersteig noch das Blut des ermordeten Polizisten. Ahmed Merabet. Caren war stehengeblieben und hatte den braunroten Fleck betrachtet. Die Bilder, die ein Zeuge versehentlich, wie er später behauptete, ins Internet gestellt hatte, so drastisch in ihrem Kopf, als sei sie dabei gewesen. Wie er verletzt daliegt. Um sein Leben bittet. Stirbt. Sie hatte ihn sterben sehen. Sie *war* dabei gewesen. Wieder einmal.

Der Moment der Ergebenheit. Als die Decke erstmals herabgesunken war, hatte sie auf ihrem Bett im Pavillon des lettres gelegen. Dem kleinen, windschiefen Hotel im Achten, in dem sie schon gewohnt hatte, als es noch L'Élysée geheißen und vergilbte Blümchentapeten hinter quietschenden Messingbetten geklebt hatten, in dem sie wohnte, seit ihre Familie nicht mehr in Paris lebte, und sie hatte gedacht: Wenn ich jetzt – jetzt also doch – sterben soll, ist dagegen wirklich nichts zu machen. Wenn es ein Kreislaufzusammenbruch, Herzinfarkt oder Schlaganfall ist, kündigt er sich immerhin friedlich an. Denn nach dem ersten Schrecken war nichts Bedrohliches an der herabkommenden Decke und dem schwindenden Raum gewesen. Was sie gefühlt hatte, war warm und sacht und so tröstlich gewesen, dass sie es regelrecht bedauert hatte, als es nach fünf oder fünfzehn Minuten – jegliches Zeitgefühl verloren – vorbei gewesen war. Die herabkommende Decke ein schützendes Plumeau, das sie und ihr Übrigsein behaglich zudeckte. Denn Caren war übrig. Schuldig. Unschuldig. Wer wusste das schon. Jedenfalls übrig. Ihre Familie und Freunde, überhaupt jeder, hatte von Glück und Schutzengeln gesprochen und allem, was man in Fällen wie diesem eben sagte. Kollegen hatten über sie schreiben wollen, sie in ihre Talkshows eingeladen. Caren hatte abgelehnt, obwohl sie als Journalistin durchaus die Geschichte sah und verstand, wie ungewöhnlich das alles war. Davonzukommen. Zweimal. Aber ihr war eine abwegige Geschichte, eine Version der Wirklichkeit, die Schweigen gebot, da sie dem, was den anderen und was tatsächlich passiert war, nie Rechnung tragen konnte. Sie war nur übrig. Das erste Mal als Einundzwanzigjährige. Und dann wieder, vor zwei Jahren erst, mit dreiunddreißig.

Bis zum siebten Januar in Paris hatte Caren es so nie betrachtet. Für sie waren es nichts als Zufälle gewesen. Doch mit *Charlie* traten Zweifel an die Stelle der Schicksalsergebenheit. Skrupel. Die Gewissheit, dass manches einfach geschah, löste sich in Luft auf. Sie konnte sich nicht erklären, warum ausgerechnet dieses Attentat, dem sie nicht ausgesetzt, dem sie nicht unmittelbar entronnen war, sie derart drangsalierte und dies neue, schonungslose Licht auf die Vergangenheit warf. Doch sie, die als Kind wegen ihrer Weichherzigkeit, ihrer Schwäche für Außenseiter und Schwächlinge unablässig als Butterbirne gehänselt worden war, die sich früh gepanzert und schließlich angeeignet hatte, zu sämtlichen Dingen des Lebens eine abwehrbereite, beobachtende Distanz zu wahren, fühlte sich mit einem Mal wie die einzige Überlebende eines Infernos, das niemand hätte überleben sollen. Überleben dürfen. *Eigentlich.*

Meist sank die Decke ihres Schlafzimmers herab. Es war quadratisch und hatte bodentiefe Fenster Richtung Süden, vor denen zwei Rotbuchen mit wächsern glänzenden Blättern standen. Wenn der Herbst kam, sich das kernige Grün färbte, die Sonne darauf schien, loderten die Bäume wie Feuer. Ein wärmendes, knisterndes Flammengeäst nur für sie, Caren, die es dann andächtig bestaunte und würdigte. Da sie die erste Etage eines kleinen Londoner Miethauses in Brook Green bewohnte, eines, das ihr Freund Ben als biederen Zuckergusskarton bezeichnete, war das herbstliche Feuer im Garten genau genommen kein Schauspiel für sie allein, sondern auch für Mr Russell aus dem zweiten Stock und das Ehepaar Liman aus dem Parterre. Allerdings bezweifelte Caren, dass ihre Mitmieter ihre Vision vom Flammengeäst teilten. Sie waren umgänglich, pragmatisch, korrekt, Bankangestellter, Taxiunternehmer und Physiotherapeutin, mit Kehrdienst und Schornsteinfegen beschäftigt, nicht mit Naturphantastik. Sie leerten Carens Briefkasten, wenn sie verreiste, gossen ihre Pflanzen, eine Orchidee und zwei Grünlilien, und Caren revanchierte sich, selten, da die anderen längst nicht so viel unterwegs waren wie sie. Seit Jahren gab es im Sommer einen nachbarschaftlichen Grillabend bei den Limans, zu dem Laternen in die Äste der Rotbuchen gehängt wurden. Das legte nahe, dass die anderen Hausbewohner durchaus einen Bezug zu den Bäumen in ihrem Garten hatten, aber sicher keinen so innigen wie Caren, die mit ihnen sprach, mit ihnen die Jahreszeiten durchlebte und sich bereits beim Augustgrillen auf den Herbst freute, auf seine Farben und sein Feuer. Das Ende des Sommers rätselhaft, ein theatralischer Abschied auf Zeit. Der pensionierte Mr Liman bemerkte dazu im Vorjahr, er frage sich neuerdings, wie viele Sommer ihm und den anderen im Haus wohl noch blieben. Er äußerte das ohne Pathos und besonderen Anlass, zumindest wusste niemand um einen akuten oder aktuellen. Er sagte es vor sich hin, als konstatiere er, dass die Grillkohle nicht richtig glühe oder der Wind ungünstig stehe. Ihm schien es unbedenklich, ab einem bestimmten Zeitpunkt Jahresringe zu zählen. Für einen Augenblick waren alle Gäste still beklommen, fragten sich, ob sie etwas verpasst hätten oder bemerkt haben müssten. Aber es fiel ihnen nichts ein, also befreiten sie sich mit Serviertätigkeiten und allerhand Wetterbeobachtungen zügig aus dem Ernst. Die neue Freundin von Tim Russell, eine forsche Brünette von einigem Gewicht, steckte Rotbarschhappen nebst Zucchini auf einen Grillspieß und erzählte von ihrer Stelle als Kostümbildnerin am *Royal Court*, die junge Miss Leigh von gegenüber referierte kämpferisch über Rassismus unter amerikanischen Polizisten – Drecksbande, rief sie, unkultiviertes Pack, das seit dem Bürgerkrieg nichts gelernt hat –, Russell gab Eiswürfel in einen Bottich und las laut und betulich Weinetiketten vor (S-c-h-a-r-d-o-n-ä), derweil Jack Liman in der Holzkohle stocherte. Er war in Gedanken längst woanders, es war doch nur eine Idee gewesen, eine abstrakte Frage, schließlich brachte es nichts, rein gar nichts, Jahre zu zählen oder melancholisch zu werden. Solche Bilder und Momente gingen Caren durch den Kopf, wenn sie irgendwo saß, wie jetzt am Flughafen, oder wenn sie auf ihrem Bett lag und die Decke sank. Sie sah Liman mit seinen Taxis und der Grillkohle, Waldbrände, Bühnenbilder, Rassismus, Straßenkämpfe, Schneestürme, Laternen, Briefkästen und anderes zusammenhangloses Zeug. Sie sah Menschen unter der Decke verschwinden und fürchtete sich nicht. Ihr war klar, dass die sinkende Decke kein Anzeichen einer bedrohlichen Krankheit, kein neurologisches Warnzeichen war, sondern eine Bedeutung hatte. Reduktion. Verengung. Fokussierung. Nur: auf was?

Heathrows Terminal 2 war nun auf diese Weise verschwunden. Nichts als Weiß von berückender Unerschütterlichkeit. Kein Wunder, dachte Caren, dass es ausgerechnet jetzt passierte, da sie wieder auf dem Weg nach Paris, erneut dorthin unterwegs war, um über Attentate zu berichten. Zehn Monate später. Diesmal also Bars, Restaurants, ein Fußballstadion, ein Konzertsaal. Die vermehrte Erfahrung mit den Attacken ließ sie abstumpfen und auch die Konsequenzen zunehmend vertrauter erscheinen: Notstand, Militär, Grenzschließungen, der Ruf nach Vergeltung. Und wieder war sie in vollem Gange, wie ein Automatismus, die Diskussion über den Krieg der Kulturen (hatten Terroristen Kultur?

Und falls ja: welche?), über den Glaubenskampf (wer glaubte noch, dass es um Religion ging?), über die Versäumnisse des Westens und die Perspektivlosigkeit der Jugend (ach Gott, ja, Bausteine in der verzweifelten Suche nach Ursachen). Aber tatsächlich ging es, davon war Caren inzwischen überzeugt, ums Übertrumpfen des Bisherigen. Das Nachspiel jedes Attentats nur Vorspiel zum nächsten schwereren. Eskalation des Horrors. Terror als medialer Wettkampf.

Was ist mit den Müttern?, hatte sie ihren Chefredakteur gefragt.

Dan Lieberman und sie hatten die Nacht in der Redaktion vor dem Fernseher und ihren Computern zugebracht, verstört, entrüstet, ausgelaugt; Nachrichten, die sich überschlugen, eine schauerlicher als die andere, und immer noch eine mehr. Auf ihre Frage hin hatte Dan zunächst verständnislos geschwiegen.

Wenn ihre Söhne Kalaschnikows einpacken, führte Caren daher aus, wenn sie sich mit einem Kuss verabschieden, losfahren, um wahllos Menschen zu erschießen und sich dann in die Luft zu sprengen – was nicht heißt, dass eine gezielte Wahl die Sache besser machen würde: Was ist mit den Müttern, mit denen diese Männer eben noch zu Mittag gegessen oder telefoniert und über dies und das und auch das Wetter gesprochen haben?

Das ist so typisch für dich, du Anthropologin!, hatte Dan grinsend geantwortet, den Bierflaschenhals dabei ans Kinn gelehnt. Was weiß ich, was mit denen ist? Vielleicht sind sie stolz und preisen Allah, vielleicht haben sie keine Ahnung, was ihre Söhne tun, vielleicht sind die Kinder ihren Eltern längst entglitten, vielleicht interessiert es die Eltern nicht oder andersherum: Die Kinder interessiert nicht, was ihre Eltern, die sie für Abtrünnige halten, von ihnen halten. Hat nicht neulich ein Islamist seine Mutter auf einem Marktplatz erschossen, weil sie ihn angefleht hatte, sich vom Kampf für den Glauben loszusagen? Eigentlich, er hatte mit einer desillusionierten Handbewegung Richtung Bildschirm eine lange Pause gemacht, eigentlich ist das auch völlig egal.

Ist es nicht, hatte Caren entgegnet. Vor kurzem habe ich ein Video gesehen, in dem es um Plünderungen in Syrien ging. Jugendliche überfielen einen Laden, verprügelten den Inhaber, griffen sich seine Waren. Und plötzlich siehst du auf diesem Video, wie einer der Jungen von einer Frau am Nacken aus dem Tohuwabohu gezogen und geohrfeigt wird. Es war seinem Gesicht abzulesen: Für ihn geschah etwas Unfassbares. Er wurde vor seinen Kumpanen gemaßregelt und gedemütigt. Aber er ging mit, er ging mit seiner Mutter fort.

Dan hatte sie spöttisch angesehen. Dann war das vielleicht die eine Ausnahme. Ganz ehrlich? Ich glaube nicht, dass die Mutter eines fanatischen Kämpfers überhaupt noch eine Chance hat, an ihn heranzukommen. Aber finde eine, sagte er matt, finde eine dieser Mütter und frag sie. Du fliegst sowieso morgen früh.

Langsam tauchte der Flughafenterminal von Heathrow wieder auf, lichtete sich die Decke. So war es. Immer. So unerwartet alles sank, so plötzlich fand sich die Realität wieder ein. Caren atmete durch. Die Digitaluhr an der Wand rücksichtslos. Stechend orange flirrte die Zeit. 9.46 Uhr. Auf den stummen Fernsehbildschirmen die nimmermüden Bilder der vergangenen Nacht. Einschusslöcher in den Fenstern des Lokals Le Carillon. Menschen mit angstverzerrten Gesichtern auf dem Rasen des Stade de France. Ein Feuerball am Hinterausgang des Bataclan. Aufnahmen prominenter Facebook-Profile, die über Nacht samt und sonders mit der französischen Flagge unterlegt worden waren. Und dazwischen wieder und wieder: Soldaten unter schweren Waffen. Polizisten in Schutzwesten. Vibrierendes Blaulicht. Vor Caren, auf dem weißgrauen Steinboden des Airports, lag ein Mann in blauer Trainingshose und gestreiftem Polohemd, barfuß, den Kopf auf seinen Rucksack gebettet, im Schlaf war ihm das Hemd verrutscht, sodass Teile der weißen Unterhose und seines bleichen Rückens freilagen. Sternförmig darauf blühende, rötliche Pusteln verdarben Caren den Appetit auf das Thunfisch-Sandwich in ihrer Tasche. Sie wendete den Blick ab. Der Terminal war noch recht neu. Unverbraucht, sauber, glänzend. Ein neonfarben leuchtendes Londoner Taxi, nur seine Umrisse, unverkennbar, als Skulptur im Zentrum. Kaffeebars, Restaurants, Souvenirshops, Parfümerien. Eine Filiale von Harrods mit grünen Teedosen, eine Dependance des Spielwarenladens Hamleys, in der man in letzter Sekunde als rettendes Mitbringsel ein batteriebetriebenes Schwein oder Beefeaters aus Plüsch erstehen konnte. Ein Kaviarhändler und Koffergeschäfte. Mehrere Läden hatten die Trikolore in ihre Fenster gehängt und in deren Mitte jeweils eine schwarze Schleife. Trauerflor. Penibel solidarisch. Vor einem französischen Geschäft für Lederwaren Kerzen. Penetrant korrekt. Wie zur Garnitur dazwischen Hunderte von Passagieren, die vor den Anzeigetafeln warteten, zu ihren Gates hasteten, die Zeit totschlugen, weitermachten. Zu jeder Tages- und

Nachtzeit unendlich viele Menschen unterwegs. Wenn man glaubte, gegen drei oder vier Uhr in der Früh die Straße für sich allein zu haben, überzeugt, dass der Rest der Bevölkerung um diese Zeit Vernünftigeres mit sich anzufangen wusste, brausten Tausende durch die Dunkelheit der Autobahn. Keine Ruhe mehr. Nirgendwo. Das Surren der Rollkoffer auf dem weißgrauen Stein eine grollende Melodie, unterbrochen vom Refrain, dass man sein Gepäck nie unbeaufsichtigt lassen sollte und dass die Maschine nach Zürich, so gab eine schnarrende Stimme per Lautsprecheransage durch, zum Einsteigen bereit sei. Das gewaltige Lichtobjekt in der Mitte der Hallendecke – funkelnde Silberschlangen, spiralförmig – entbrannte bläulich von oben nach unten, wieder und wieder von oben nach unten, dass man den Blick kaum abwenden konnte, die Sekunden zählte, bis es von vorne losging. Carens Maschine hätte längst da sein müssen, aber der Parkplatz draußen im Regen, am anderen Ende der Fluggastbrücke, war nach wie vor leer. Sie fröstelte und legte die Arme enger um ihren Körper. Manchmal wusste man solche Dinge intuitiv: Ihre Reise würde an diesem Novembermorgen nicht wie geplant stattfinden. Ein Unwetter. Ein Defekt am Flugzeug. Ein fehlender Copilot. Probleme am Pariser Flughafen. Eine Terrorwarnung. Etwas würde sie aufhalten, da war sich Caren plötzlich sicher, vielmehr wäre es erstaunlich, wenn nach dieser Nacht ein Flugzeug nach Paris planmäßig abheben und ankommen würde. Sie konnte nicht einmal den Zug nehmen. Seit Tagen Stillstand. Die Mitarbeiter auf beiden Seiten des Ärmelkanals streikten wegen zunehmender Sicherheitsanforderungen aufgrund von Bombendrohungen sowie todesmutigen Flüchtlingen aus sämtlichen Krisengebieten der Welt – Exodus –, die durch den Tunnel in ein besseres Leben laufen wollten. Zu wenig Personal, um das Gelände zu bewachen und die Passagiere überhaupt noch abfertigen zu können, mit Handtaschenkontrollen und Kofferdurchleuchtung. In Heathrow hatte man auf den Streik sofort reagiert. Eine Billig-Airline bot in diesen Tagen zusätzliche Flüge nach Paris an, weswegen Caren in Terminal 2 und nicht in Nummer 4 oder 5 saß, von wo die regulären Paris-Maschinen von Air France und British Airways starteten. Was für ein Schlamassel, dachte Caren, dass ihr Verlag grundsätzlich die günstigsten Flüge buchte. Draußen vor dem Terminal winkten Lotsen und Techniker unablässig andere Flugzeuge ein, versorgten, betankten, warteten sie, ihre grellgelben Jacken regenschwer, Wasser von den Helmen tropfend. Und alsdann, endlich und erwartungsgemäß, erschien die Schrift auf der Anzeigentafel von A17: *Delayed*. Caren nahm es zur Kenntnis, sie hätte darauf gewettet. Wie viel Verspätung einzukalkulieren war, wurde nicht angegeben (schlechtes Zeichen), niemand erklärte etwas, keiner beschwerte sich, und die brünette Stewardess, die zum Boarding hinter dem Schalter saß und nun mit einem Mal nichts mit sich anzufangen wusste, tippte angelegentlich in ihren Computer, betrachtete ihre tiefroten Fingernägel, nuschelte dann und wann in ihr rauschendes Funkgerät und ignorierte die Wartenden mit leiser Geringschätzung. Die Fluggäste nahmen es hin wie eine hirtenlose Herde. Stoisch. Gefügig. An Kummer gewöhnt. Man blätterte in Zeitungen und Zeitschriften, telefonierte, rückte Kopfhörer gerade, biss in Äpfel, trank aus Plastikflaschen und Pappbechern, starrte in die Menge. Sie alle hatten erwartet, dass ein Flug nach Paris an diesem Morgen nur mit Schwierigkeiten an den Start kommen würde. Wenn überhaupt.

Der Mann, der Caren gegenübersaß, las Wittgenstein. Sie hatte ihn vorher nicht bemerkt. Ende fünfzig, vielleicht Mitte sechzig. Sehr hohe Stirn. Zerfurcht. Grauschwarze Haare. Buschige, mittig gespitzte Augenbrauen. Er trug verwaschene Jeans, ein schwarzes Hemd und ein ebenso schwarzes Sakko. Augen so hellblau wie Badewasser, durchscheinend, klug, selbstbewusst.

Die Welt ist durch Tatsachen bestimmt, murmelte er das Gelesene leise vor sich hin, was der Fall ist, die Tatsache, ist das Bestehen von Sachverhalten, ein Sachverhalt ist die Verbindung von Dingen, und Dinge sind etwas Einfaches, Atomares, nicht Zusammengesetztes. Er sprach es, als lerne er den Text auswendig. Zum Fußboden, zu seiner Tasche, zu dem schlafenden Mann in der blauen Trainingshose. Als er Carens Blick bemerkte, entschuldigte er sich und streckte ihr den Buchtitel so entgegen, dass sie ihn lesen konnte. Verzeihen Sie, sagte er, ist lange her, dass ich das gelesen habe. Dabei sollte ich den Anfang, diesen einfachen Teil, eigentlich noch draufhaben ...

Kein Problem, erwiderte sie, Wittgenstein war der mit der Sprachproblematik, stimmt's?

Er nickte: Und der, auf den man sich immer berufen kann, da er so schön vage bleibt.

Was ist denn gerade Ihre Wirklichkeit?, fragte Caren. Um sich vom Warten abzulenken. Nicht aus Interesse.

Der Mann blickte sie an. Sie wusste: Sie sah müde aus.

Ränder unter ihren dunkelbraunen Augen. Zu viel Arbeit, Schlafmangel. Und dann diese Unruhe, gegen die sich nichts machen ließ. Sie, die stets jünger geschätzt wurde, als sie war, fühlte sich seit Monaten deutlich älter, und vermutlich merkte er es ihr an. Caren sah den Blick des Mannes wandern. Nicht unangenehm. Nicht abschätzend oder anzüglich. Eher freundlich interessiert. Zu ihren blonden, kinnlangen Haaren, die in leichten Wellen hinter den Ohren lagen. Ein bisschen wie in den 1920er Jahren, hatte Ben gesagt. Zu ihrem grauen Rollkragenpullover, ihrer schwarzen Hose, auf der die Zeitung lag, Feuilleton obenauf. Sie konnte sehen, wie ihr Gegenüber die Headline entzifferte, die für ihn auf dem Kopf stand: *Angriff auf unsere Lebensweise*.

Eine Durchsage der inzwischen mit Sicherheitskräften verhandelnden Stewardess unterbrach ihn, als er zur Antwort ansetzte. Die Stimme bat um Geduld, zum Flug könne man – leider – noch keine weiteren Angaben machen. Der Mann runzelte die Stirn, während sich Stimmen erhoben, Anrufe getätigt wurden und sich vor dem Tresen der Stewardess eine Schlange bildete.

Sehr einfach, sagte er auf Carens Frage, ohne den Blick von der Stewardess und dem Schalter abzuwenden: Dass Sie mich in diesem Moment danach fragen, ist das Bestehen eines Sachverhaltes, der wiederum die Verbindung von Dingen ist – unsere Verbindung, die zuvor nicht zusammengesetzt war.

Und nun werden Sie anfügen, entgegnete Caren, dass die Verbindung von Dingen nichts als Zufall ist.

Ihr Gegenüber lehnte sich in dem mattschwarzen Plastiksitz zurück. Der Mann saß da wie ein Bergmassiv, legte das Buch auf seine breiten Oberschenkel, sah Caren an, zog eine Zigarettenschachtel aus seinem Sakko und zündete sich eine an. Mit einem langmütigen Blick, der zu sagen schien, er wisse, worauf sie hinauswolle (sie wollte nirgendwohin), entgegnete er:

Interessant, dass Sie von Zufall sprechen ... Nehmen Sie den Investmentbanker, der am 10. September 2001 sein Büro im soundsovielten Stock des Südturms des World Trade Centers räumt, weil er sich nach Jahren dazu durchgerungen hat, endlich seine eigene Firma zu gründen und sich selbständig zu machen. Sein Entschluss rettet ihm das Leben. Einen Monat später steigt er in seiner neuen Funktion als Finanzberater in die Morgenmaschine der American Airlines nach Santo Domingo, Flugnummer 587. Es ist das Flugzeug, das unmittelbar nach dem Start in New York über dem Stadtteil Queens abstürzt und das niemand lebend verlässt. Zufall oder undurchsichtige Absicht einer höheren Macht? Oder nehmen Sie die Frauen, die an diesem Tag in ihren Gärten in Queens von herabstürzenden Flugzeugteilen tödlich getroffen werden. Drei Frauen – drei! –, deren Ehemänner, alle bei der Feuerwehr, bei ihrem Einsatz am 11. September in den Trümmern der Türme starben. Ergeben solch gespenstische Situationen einen Sinn, folgen sie einem Plan oder ist das Universum ein einziges, sinnloses Chaos von Ereignissen? Der Zufall ist trivial, nicht wahr? Man bringt die Ereignisse des Lebens lieber miteinander in Verbindung, weil sie dann einen Sinn ergeben könnten. Also kleben die Menschen alles, was ihnen geschieht, zu einer Narration zusammen, zu ihrem Lebenslauf, zu ihrer Identität.

Und vom Zusammenkleben halten Sie nichts, stellte Caren fest, über die Auswahl seiner Beispiele gleichsam verwundert.

Sie versuchte, sich nichts anmerken zu lassen, fühlte sich jedoch erkannt, fast ertappt. Dann dachte sie: War es schlechterdings nicht wahrscheinlich und keineswegs eine vieldeutige Verbindungslinie, dass er ausgerechnet dieses Ereignis heranzog, das übergroß gewesen war, von dem jeder Mensch wusste, das, wenn man so wollte, die Welt verändert hatte?

Genau, entgegnete er, davon halte ich gar nichts, eine desperate Sinnsuche. Abgesehen davon würden Sie Wittgenstein mit Ihrem Glauben an Schicksal und Bestimmung nicht gerecht.

Damit war für ihn alles gesagt. Er nahm das Buch wieder zur Hand, zog noch einmal an seiner Zigarette, um die sich niemand scherte, alle waren mit Wichtigerem beschäftigt als mit einem verbotenerweise Rauchenden, drückte sie unter seinem Schuh aus und las weiter, als sich in bedrohlichem Rhythmus Schritte näherten, die Rollkoffersinfonie durchbrachen, Durchsagen übertönten. Absperrbänder aus silbernen Ständern wurden surrend ausgezogen und schneller, als es die wartende Menge wahrnehmen konnte, wurde A17, ihr Gate, eingezäunt und von Polizisten umstellt. Die Stewardess hinter dem Schalter biss auf ihre Unterlippe.

Caren war nicht überrascht. In ihr spannte sich alles an. Sie kannte sie zur Genüge: diese Vorboten einer Story, diese Anzeichen, die ihre Wachsamkeit schärften. Frag Vater, hörte sie ihre Mutter sagen, wie früher, wenn sie um eine Antwort verlegen gewesen war. Frag Vater! Als würde das an dieser Stelle hilfreich sein. Um sie herum breitete sich eine diffuse Unruhe aus. Kaffeebecher wurden abgestellt, Kopfhörer abgenommen, Zeitungen beiseitegelegt. Die Passagiere außerhalb der Absperrung, auf dem Weg zu anderen Maschinen, weder eingezäunt noch umstellt, verlangsamten ihre Schritte, begierig zu sehen, was bei A17 passierte. Die Digitaluhr flirrte auf 10.32 Uhr. Und weiter geschah erst einmal nichts.

2

Caren nahm ihr Mobiltelefon zur Hand, es war wie ein Reflex. *Probleme in Heathrow,* schrieb sie an Dan Lieberman in der Redaktion: *Flug auf unbestimmte Zeit verschoben, mein Gate in Terminal 2 von Polizisten umstellt und abgesperrt. Habt Ihr was dazu?* Ihr Gegenüber las ungerührt weiter Wittgenstein. Von den anderen Mitreisenden, ohnehin alarmiert durch die Geschehnisse der vergangenen Nacht, hatte leise Aufregung Besitz ergriffen. Eine ältere Dame schritt resolut auf einen Polizisten an der Absperrung zu und wurde sogleich fortgeschickt. Ein junger Mann mit Baseballkappe rutschte tiefer in den Sitz und studierte die Absperrbänder, als seien es Schriftfahnen. Die angestrengte Mutter in Jeans und Turnschuhen, die ihr heulendes Kleinkind auf dem Arm trug, eilte entschlossen auf die Stewardess zu, die noch immer betreten auf ihre Unterlippe biss; der dazugehörige Vater, ein schmaler, langer Kerl, blass und verschlafen, ließ sie kraftlos gewähren und blieb sitzen, ein angebissenes Panini in der Hand. Eine braungebrannte Frau, Mitte vierzig, die Haare streng zurückgekämmt, in weiter hellblauer Hose und weißem Blazer, setzte sich kerzengerade auf, als gewönne sie auf diese Weise einen besseren Überblick, während der Typ neben ihr sich mit müdem Seitenblick auf die Polizisten streckte und schließlich begann, gemütsruhig seinen Pferdeschwanz neu zu flechten. Vier junge Männer in Nadelstreifenanzügen, ihrem Aussehen nach Banker oder Anwälte, berieten sich und klappten schließlich, einer nach dem anderen, ihre Laptops auf, als handele es sich um eine Choreografie, ein Ballett. Der dicke Mittsechziger hinter ihnen, in buntem Seidenhemd und braunem Cordsakko, stand behäbig auf und schickte sich an, zur Toilette zu gehen, scheiterte indes am Wachposten, der erst einen Polizisten als Begleitung hinzurief. Um die einhundertsechzig Passagiere, überschlug Caren. Vierzehn Sicherheitsleute. Ihr Einsatzleiter musste der Mann neben der Stewardess sein. Dunkler Anzug, ledernes Pistolenhalfter unter dem Sakko, braunes Haar, kurz und gescheitelt, ruhiger Blick, ernster Mund. Mr Smart & Handsome. Er sprach mit zwei Herren vor dem Schalter, die angestrengt – der eine unzufrieden, der andere neugierig – dreinblickten. Mit ihrem Handy durchforstete Caren die Portale verschiedener Nachrichtendienste. Nichts. Keine Meldung, kein Newsticker, der von ungewöhnlichen Vorkommnissen in Heathrow berichtete. Immerhin, dachte sie, immerhin war all das – die vergangene Nacht in Paris, die beunruhigenden Geschehnisse dieses Morgens – Grund genug, sich nach zehn langen Monaten bei Julien zu melden. Sich endlich bei Julien zu melden. Julien.

Als Caren nach dem Attentat auf die Redaktion von *Charlie Hebdo* in Paris gewesen war, hatte sie die grundsätzliche Verfassheit der Franzosen zum ersten Mal begriffen und benennen können. All die Jahre hatte sie ihre Vorstellung von dieser Mentalität gehabt, keine falsche, keine richtige, nur Ideen zum Verständnis der Stadt waren es gewesen. An diesem Tag aber war Paris ihr gehäutet vorgekommen. Unübersehbar: die Stadt beherrschter als der Rest der Welt. Als hätten die Hauptstädter ein extravagantes Gen, die Eigenschaft, gefasst zu bleiben, wenn derart Düsteres geschah. Ausgerechnet die Laizisten schienen von tiefem Gottvertrauen durchdrungen zu sein. Beachtlich, befand Caren, als sie mit ihrem kleinen, schwarzen Rollkoffer den Eurostar an der Gare du Nord verließ und zur Métro ging, ein unbehagliches Gefühl im Körper. Said und Chérif Kouachi allgegenwärtig. War es Unempfindlichkeit oder Haltung, dass so viele Menschen unterwegs waren? Stumpfheit, Trotz, Kampfeswille, Gleichgültigkeit? Oder doch – Gottvertrauen? Ihr fiel kein anderes Wort ein. Bei den Deutschen jedenfalls war es mit dem Gottvertrauen gehörig schiefgegangen, hatte sie in der Métro überlegt. Wie sollte jemals noch jemand darauf bauen? Deutschland war von Gott verlassen worden. Geprüft!, würde Ben rufen, geprüft, Caren, sieh doch: Das gab es in der Geschichte immer wieder, dass Menschen unsägliches Leid über Menschen gebracht haben! Und er würde das Ansinnen, Nazis und Islamisten in einem Atemzug zu wägen, empörend nennen, dabei, dachte Caren, dabei war beiden doch zumindest eines gemein: der Kampf gegen die Freiheit, die Zerstörung des Nonkonformismus. Über die Jahre hatte Caren aufgehört, gegen Bens gottergebene Sicht der Dinge zu protestieren, seine verschämte Aufzählung zarter Hoffnungszweige in unfassbarem Grauen, klägliche Beweise für die Überreste von Menschlichkeit und Hilfsbereitschaft inmitten der Barbarei. Damals, zu Beginn ihrer

Liebe, hatte sie sich alles angesehen: die Konzentrationslager, die Fotos, die Dokumentarfilme. Sie hatte geweint in den Ruinen der Todesmaschinerie, in der er seine deutschen Großeltern und seinen Onkel verloren hatte; sie hatte Magenkrämpfe und Albträume gehabt wegen der von den Verbrechern versuchten Vernichtung selbst der Vernichtung. Keine Spuren zu hinterlassen, nicht einmal eine Spur des Todes, als hätte es die Ermordeten nie gegeben, als seien sie nicht ausgelöscht worden. Sie hatte mit Ben darüber gestritten – soweit man mit Ben überhaupt streiten konnte –, wo sein Gott in diesen Jahren gewesen war, da leuchtende Christbäume neben menschenaschespeienden Krematorien standen. Manche Gespräche konnte man nicht beenden, vermutlich wäre es obszön, wenn es gelänge.

Am Boulevard Richard Lenoir war dann Julien Bourlanges neben ihr aufgetaucht, der freischaffende Fotograf, mit dem sie schon ein paar Mal zusammengearbeitet hatte, ein dunkelhaariger Hüne, besonnen, still. Er drückte ihren Arm, umarmte sie zur Begrüßung. Im Vergleich zu ihm wirkte sie klein und zerbrechlich, obwohl sie mit einem Meter fünfundsiebzig nicht klein war. Die Sonne schien, während Caren in ihrem dunklen Daunenmantel und ihrer blauen Mütze nichts zu sagen wusste, das neue Jahr frisch und schon versehrt. Der Verkehr um sie herum ungebremst, die hellen Fassaden weich und reserviert. Paris. Die ewige Kulisse. Verändert und zugleich wie immer, von erstarrter Schönheit, ruhelos, überreizt; die Stadt, deren Besucher gern in dieselben Fallen tappten und sie zum Missverständnis ihrer Romantik machten. Caren besah das vertrocknete Blut des getöteten Polizisten, das – gerade noch – Lebenssaft gewesen war und sich nun verzerrt, verirrt auf dem Stein abzeichnete, als versickere das Sein des Mannes im Asphalt. Sie sprach mit Nachbarn und zwei Kollegen des Ermordeten. Natürlich: dieselben Sätze, Adjektive, Ausdrücke des Unglaubens, Antworten wie aus einem Drehbuch; Caren kannte sie alle. Julien fing währenddessen konzentriert die Atmosphäre mit seiner Nikon ein. Nach zwei Stunden gingen sie langsam und schweigend durch die Straßen, Seite an Seite, Motorräder knatterten, Autos hupten, dann wieder Stille, und an der nächsten Ecke liefen Menschen über rote Ampeln zu ihren Büros, zum Supermarkt, zum Kindergarten. Am frühen Abend kamen sie im Hotel an, tranken beide einen Gin Tonic an der Bar, gingen in Carens Zimmer, wo sie fahrig, ja: entwaffnet ihre Reportage schrieb und das nur fertigbrachte, weil sie Routine abspulte. Es war nicht gut, sie fand die Worte nicht, kämpfte um die Zeilen und konnte sich ihre Anspannung nicht erklären. Ihre Hände zitterten. Sie war so aufgelöst, als sei ein langjähriger Freund gewaltsam aus dem Leben gerissen worden. Julien saß derweil auf dem Bett, die blaue Windjacke neben sich, Laptop auf dem Schoß. Er lud die Fotos auf seinen Rechner, prüfte und zeigte ihr hernach seine Auswahl, dann mailte er die Bilder an Carens englische Redaktion. Die Straße, die Polizisten, eine Anwohnerin mit Kind auf dem Arm. Caren beobachtete ihn. Sein Profil, fein und wild zugleich, die dunklen Haare, wirr, die grauen Strähnen darin, das raue Kinn und die kantige Nase, seinen angestrengten Blick. Olivfarbene Augen. Seine Hände. Federnd, feingliedrig, vorsichtig. Die Intensität. Wie er die Welt betrachtete, wie er fotografierte, wie er zuhörte, wie er sie ansah. Immer schon.

Es ging nicht anders. Sie küsste ihn ohne Vorwarnung. Als hinge alles davon ab. Er schmeckte nach Gin und Pfefferminz, seine Bartstoppeln kratzten an ihren Lippen, sein Mund war weich und fühlte sich noch besser an, als sie es sich vorgestellt hatte. Er schien nicht überrascht, zögerte nicht, umfasste ihren Kopf und zog sie so dringlich an sich, dass sie kaum Luft bekam. Dass es kühl war im Hotelzimmer, weswegen sie ihren Mantel anbehalten hatte, bemerkte sie nicht mehr. Dass zwischendurch der Zimmerservice klopfte, nahm sie wie aus der Ferne wahr. Nichts spielte noch eine Rolle. Sie liebte Julien an diesem Abend in Paris über den Wahnsinn da draußen hinweg, mit einer solchen Hingabe und einer solchen Lust, als würden sie sich nicht jahrelang kennen, als wären sie nicht gute Kollegen, als wüssten sie nicht, dass zu Hause seine Frau und seine Kinder warteten und es bei ihr Ben gab. Die Stunden im Hotel jenseits dieser Tatsachen, gestohlen, Ekstase, ein Ausnahmezustand, dessen Wiederholung Auflösung bedeuten musste. Mehr ging nicht.

Und dann der nächste Morgen. Die herabkommende Zimmerdecke im Pavillon des lettres. Frieden. Stille. Zauber. Konnte man ein Wort zu häufig benutzen? Natürlich. Aber Magie machte es nicht besser, wenn es sich um Zauber handelte, was seltener der Fall war, als es gesagt und geschrieben wurde. An diesem nächsten Morgen war das Bild des Blutes auf dem Asphalt nachdrücklich, und die Sache mit dem Zufall hatte sich erledigt. Man kam nicht einfach so davon. Man überlebte nicht zweimal durch eine Laune des Schicksals. Man sprang dem Tod nicht zweimal von der

Schippe. Und man träumte nach einem solchen Arbeitstag, an dem so viele Kollegen getötet worden waren, nicht ohne Grund von der Holzhütte aus Kindertagen, die Schiff, Burg, Piratenhöhle oder Puppenstube gewesen war, je nach Laune. Ein Holzhaus mit Fenstern und, was das größte Glück bedeutet hatte, abschließbarer Tür. In Carens Traum hatte die Hütte allerdings nicht mehr im Garten ihrer französischen Großeltern in Villers sur Mer gestanden, einem Dorf im Pays d'Auge der Normandie, sondern inmitten einer Siedlung gleichgestalteter deutscher Reihenhäuser. Als sie hinlaufen wollte – *Butterbirne, Butterbirne!,* schallte es von irgendwo –, waren es plötzlich zehn identische Holzhütten gewesen. Unmöglich, herauszufinden, welche ihre war. Und da war Ben, ihr Lebensgefährte, so sagte man das wohl, Ben, ihr Geliebter, den sie sich seit fünf Jahren mit einer anderen Frau teilte, die wie sie mit dieser Regelung einverstanden war, Ben jedenfalls war vor der Tür einer dieser Hütten aufgetaucht und hatte gerufen, sie solle sich erinnern. Erinnern! Und genau das hatte sie an diesem Morgen getan. Hatte in dem Café auf der Île Saint-Louis gesessen, das Julien ihr empfohlen hatte, und sich daran erinnert, dass sie Vanilleeis mit Schokoladenstreuseln gegessen hatte, als 1993 in den Nachrichten der Bericht über das erste Attentat auf das World Trade Center in New York gezeigt wurde, das zu diesem Zeitpunkt noch für ein Explosionsunglück gehalten wurde. Aus der Geborgenheit des elterlichen Wohnzimmers heraus, in sicherer Entfernung von den Gefahren der Welt, auf dem Sofa mit tannengrünem Bezug und in einem Schlafanzug mit Elefanten darauf, den sie für ihr eben erreichtes Teenageralter reichlich kindisch gefunden, aber trotzdem gerne getragen hatte, erblickte sie Menschen, die mit rußigen Gesichtern und verstörten Augen aus den Twin Towers gebracht wurden. Einen Asiaten, der in Anzug und hellem Mantel im kalten Februarnieselregen auf dem Bürgersteig saß, aufstehen wollte und es nicht fertigbrachte. Eine Schwarze, die von Sanitätern aus der U-Bahn-Station getragen wurde; sie lag im pinken Trainingsanzug mit Blumenaufdruck auf einer Trage, in jeder Hand eine große, türkisfarbene Plastiktüte, die sie partout nicht loslassen wollte. Über allem schwebte Qualm, dichter Rauch, der aus der Tiefgarage stieg. Feuerwehrwagen, Lärm, Verwirrung. Aus unüberwindbarer Distanz, die sie auf mystische Weise gern überwunden hätte, um sich ein Bild zu machen, sich selbst ein Bild zu machen und zu verstehen, hörte Caren den Nachrichtensprecher aufzählen, was er zu dem Ereignis zu sagen wusste. In ihrem Kopf ganz andere Fragen: Was würden die Leute sagen, die für die Sicherheit des Gebäudes verantwortlich waren? Würden sie Rechtfertigungen suchen wie sie, wenn sie ihre Hausaufgaben vergessen hatte oder nicht zur vereinbarten Zeit nach Hause kam? Würden sie eine Entschuldigung erfinden, vorgeben, sie hätten in der Tiefgarage alles ordnungsgemäß überprüft, während sie in Wahrheit zwei Straßen weiter fürs Abendessen eingekauft hatten? Die Reporterin in New York sprach von einer Transformatorexplosion, die das zweithöchste Gebäude der Welt habe erzittern und alle vier Stockwerke des Parkhauses habe einstürzen lassen. Erst später an diesem Tag stellte sich heraus, dass es sich um eine Bombe gehandelt hatte. Eine Harnstoffnitrat-Bombe. Caren war fassungslos gewesen. Eine Bombe, versteckt in einem Transporter, kostete sechs

Menschen das Leben und verletzte weitere eintausend. Sie hatte es nicht verstanden, ihre Gefühle nicht einordnen können. Sie war dreizehn. Unverwundbar. Eine Bombe? Gegen eine beliebige Menge gerichtet, nicht gegen eine konkrete Zielperson? Grauenhaft!, rief ihre Mutter, Wahnsinnige!, ihr Vater.

Und obwohl sie in den ereignisreichen Neunzigern groß geworden und durch den Beruf ihres Vaters viel herumgekommen war, obwohl ihre Familie über die Begebenheiten der Welt sprach, diskutierte, stritt und sich freute, Geschehnisse, die das politische Bewusstsein formten, wie die Wiedervereinigung Deutschlands, der Golfkrieg, der Zerfall der Sowjetunion – es war dieses Attentat, das bei Caren Eindruck hinterließ, mehr als jedes weltumspannende Ereignis, das ihm folgte. Die Sprachlosigkeit ihrer Eltern. Die Ratlosigkeit der Reporter. Die Ohnmacht des Mannes auf dem Bürgersteig. Die Erschütterung ihrer Arglosigkeit. Der Verlust ihrer Unschuld, dieser wahren Unschuld, ohne die nichts je wieder gut war. Zwei Jahrzehnte hatte sie darüber nicht nachgedacht, nicht einmal nach den Anschlägen 2001 oder 2013. Doch in Paris, in Juliens Café auf dieser kleinen Insel mitten in der Stadt, war die Erinnerung unverrückbar und zwingend zurückgekommen. Sie saß also da, trank diesen rauchigen, die Kehle schwärzenden Kaffee, Julien noch auf jedem Zentimeter ihrer Haut, besah die Edelstahlbehälter für die verschiedenen Röstungen, den weißgekachelten Tresen, die Studenten, Geschäftsleute und ermatteten Passanten, die nach ihren Einkäufen im Marais eine Pause brauchten, betrachtete die unverputzten Betonwände mit ihren fließenden Motiven, Verläufen, die an den Milchschaum auf ihrem Cappuccino erinnerten, fragte sich, wann das angefangen hatte mit Cappuccino und Macchiato, dass Menschen nicht mehr Kaffee tranken, sondern alle möglichen Variationen, die selbst die Kellner kaum auseinanderhalten konnten, und wusste, dass sie so nicht weitermachen konnte, dass das Leben nicht allein aus Wiederkehrendem bestehen sollte, dass man den Rhythmus unterbrechen, in den Geschichten, die einem begegneten, den Zusammenhang erkennen musste. Überhaupt: Weihnachten sollte alle zwei Jahre ausfallen, damit man nicht sagen musste, dass schon wieder Weihnachten sei. Ostern konnte man alle vier Jahre feiern wie die Fußballweltmeisterschaft. Damit die Zeit nicht noch schneller verging und alles Erinnern mit Neuem zuschüttete. Damit alles seine Bedeutung behielt, die Verknüpfungen sichtbar wurden, diese Räume, in denen man sich einrichtete, damit nicht jedes Ereignis eine weitere Angelegenheit zur Ablage oder Wiedervorlage wurde wie Geburtstag, Steuererklärung, Dentalhygiene. Das Blut auf dem Asphalt: Sie war es den Toten schuldig, eine Erklärung zu finden. Eine Erklärung für den Zufall, der keiner sein konnte.

Immer noch keine Nachricht aus der Redaktion. Caren betrachtete das Handy auf ihrem Schoß. Sie konnte Julien anrufen. Einfach anrufen nach all den Monaten. Daran war nichts Merkwürdiges, nichts Aufdringliches. Im Gegenteil: Nach den Geschehnissen am Vorabend in seiner Stadt war es vielmehr freundlich. Eine Geste. Zuletzt hatte sie ihn in Paris bei der Demo gesehen, zwei Tage nach ihrer gemeinsamen Nacht im Hotel. Die Demonstration. Der Republikanische Marsch. Das Ritual von Entsetzen, Empörung, Vergessen, das sicher auch diesmal zu erwarten war. Präsidenten, Kanzler, Minister, Familienangehörige, Pariser, Touristen, weit über eine Million Menschen. Im Januar marschierten sie vorbei an Weihnachtsbäumen, die noch keiner weggeräumt hatte. Weihnachtsbäume, wie sie in Paris vermutlich erst vor wenigen Tagen erneut aufgestellt worden waren. Vorbei an Flaggen, die auf Halbmast wehten, an Mülltonnen, die ein Großaufgebot von Polizisten nachts überprüft und dann versiegelt hatte, an Geschäften, deren Inhaber die weißen Plakate mit der schwarzen Aufschrift *Je suis Charlie* in ihre Fenster gehängt und die früher – also vorher – nichts mit den Ermordeten und ihrer Zeitschrift zu tun gehabt hatten. Die wenigsten wären auf die Idee gekommen, Geld für dieses Blatt auszugeben. Und unter anderen Umständen hätte der Präsident Frankreichs die Redakteure und Zeichner der Zeitschrift auch niemals umarmt. Julien hatte fotografiert. Müde war er gewesen. Ab und zu hatte er Caren angesehen, lang und eindringlich, sie stand neben ihm in der Nähe der Métro-Station Voltaire, umnebelt von dem gewaltigen Marsch für Frieden und Freiheit und der Frage, wie lange er nachhallen würde, ob die Nachkommen von sieben Millionen Einwanderern in Frankreich mitdemonstrierten oder doch zu Hause geblieben waren, weil dieser Januar schlimmer machte, was ohnehin schon schwierig genug war. Einmal strich Julien Caren eine blonde Strähne aus dem Gesicht hinters Ohr, langsam und zart; sie glaubte, dass er sie küssen würde, und belächelte, dass sie darauf hoffte, aber da schrie der Maronenverkäufer an der Ecke hinter ihnen: Was ist mit den Syrern und den Palästinensern? Wieso demonstriert ihr nicht für die? Wofür demonstriert ihr überhaupt? Solidarität? Dass ich nicht lache! Dass ich nicht lache! Zwei Polizisten schoben ihn mit seinem Maronenwagen in eine Seitenstraße. Caren ging ihm nach. Er erzählte ihr von seinem Ghetto, so nannte er den Vorort Sarcelles, in dem er wohnte. Davon, dass man Religion nicht auf der Straße, sondern in den Schulen lernen sollte, davon, dass in den siebziger und achtziger Jahren – damals, sagte er – alles besser gewesen war, durchmischter, da lebten Afrikaner, Araber und Franzosen Tür an Tür in den Vororten und man machte nicht so ein Theater um die Religion. War halt so. Dann sind die Franzosen weg. Überhaupt alle, die es sich leisten konnten, sind dann weg. Und so wurden wir ein Ghetto wie alle möglichen Vororte und Viertel von Paris. Gehen Sie nach Château Rouge, nach Saint-Denis. Man bleibt unter sich, und wir sind hier nicht bei uns. So ist das. Die da, er deutete mit dem Kopf in Richtung Demonstration, die machen den Religionskrieg! Eine Stunde später stieg Caren in den Zug und verließ Paris; ungeküsst und übermüdet nach einer Nacht, in der sie kaum geschlafen hatte, übermannt von Ratlosigkeit, herabkommenden Zimmerdecken und einer Trauer, die Juliens Schattenhaftigkeit so miteinschloss wie die Toten, die zur falschen Zeit am falschen Ort gewesen waren und deren Angehörige niemals damit fertigwerden würden, dass diese Phrase wahr oder falsch sein konnte, dass sie niemals wissen würden, ob es Fügung, Schicksal, Bestimmung gewesen war, zu dieser Zeit an diesem Ort – oder eben nicht dort – gewesen, davongekommen zu sein. Sich schuldig gemacht zu haben.

Die Januartage nach ihrer Rückkehr neblig und von beträchtlicher Unruhe. Das Wiedersehen mit Ben am selben Abend zwiespältig und fragwürdig. Sie hatte ihm nicht gern in die Augen gesehen, ihn nur ungern geküsst, als könne sein Mund die Erinnerung an Juliens zersetzen. Sie mochte ihm nicht vom Zufall erzählen, an den sie nicht mehr glaubte, denn in seinen Augen gab es ohnehin keinen Zufall, nur den göttlichen Plan, von dem Caren nichts, nein, von dem sie gar nichts hielt. Ben umarmte sie bei ihrem Wiedersehen fester als sonst, vielleicht kam es ihr auch nur so vor, es störte, er küsste ihre Schultern und ihren Nacken, auch das störte, er umfasste ihre Brüste und ließ sie nicht los, das war unbequem, er liebte sie, aber so fühlte es sich nicht an – wobei sie nicht einmal zu sagen vermochte, ob es sich je anders angefühlt hatte –; er hielt sie für überarbeitet, und sie schloss die Augen. Am nächsten Morgen stellte er seine blaue Zahnbürste im Badezimmer ab, wie er es immer tat, rechts an ihrem Waschtisch, er steckte sie einer Amtshandlung gleich in den weißen Porzellanbecher zu seiner Zahncreme. Sie starrte auf das Utensil, stets blau, stets dieselbe Marke, alle drei Wochen neu, und erinnerte sich an den Anfang. Wenn es dich nicht stört, hatte er damals gesagt und den Satz mit einem verschwörerischen Leuchten umschlossen, einem jungenhaften, verliebten, verbindlichen Leuchten, das sie gerührt und eine betörende Macht über sie ausgeübt hatte, wenn es dich nicht stört, lass die Sachen, die ich dann und wann bei dir vergesse, genau da, wo ich sie abgelegt habe, so bin ich immer bei dir, immer in dieser Wohnung, zumindest ein wenig. Ein Ritual, das ihr nach Paris und dieser Nacht vollkommen sinnentleert erschienen war. Ein Pullover über der Stuhllehne. Ein aufgeschlagenes Magazin neben dem Sofa. Seine Kopfschmerztabletten, wichtiges Alltagsaccessoire, auf dem Nachttisch. Zweimal hatte Caren das Ritual durchbrochen, und Ben war es tatsächlich aufgefallen.

Als er an diesem Morgen seinen Espresso zu sich genommen hatte (kein Brot, kein Müsli, kein Obst, nur Espresso) und ging, war sie erleichtert und wusste nicht, worüber. Sie war unzufrieden und wusste nicht, womit. Denn eigentlich gab es nichts auszusetzen an ihrem Leben, an ihrem wohlsortiert liberalen Leben. Sie war glücklich mit ihrem Beruf. Sie hatte ihre Familie, die so kompliziert und durchschaubar war wie die meisten Familien. Sie hatte eine Handvoll Freunde, die waren, wie Freunde sein sollten. Und natürlich hatte sie Ben, der am anderen Ende der Stadt wohnte und mit dem sie diese festen Tage hatte: Dienstag, Donnerstag und, alle drei Wochen, Samstag. Sie hatten ihr Arrangement zu dritt und trafen damit in ihren Vorstellungen von Unabhängigkeit zusammen. Sie wollten keinen Trott und keine halbherzigen Absprachen, sie wollten keinen Alltag und keine Lügen, die unweigerlich in ihn einzogen, kein Gerede von Kompromissen, die keine waren, weil in Wahrheit einer nachgab und es irgendwann bereute, wollten nicht, dass die Wucht der Liebe in Bedrängnis umschlug, dass aus Leidenschaft Langeweile oder Pflichtbewusstsein wurde. Anziehungskraft und Liebe, davon waren sie beide, nein: alle drei überzeugt, waren geblieben, weil Caren und Ben nie zusammengezogen waren, sich nie über Ordnung und Geldausgaben und Möbel und Bilder auseinanderzusetzen hatten, so wenig wie Ben mit Adelle zusammenziehen würde, der anderen Frau, die Caren sogar sympathisch war, in einer Galerie in der Albemarle Street arbeitete und ihr zum Geburtstag Blumen schickte. Dass es Adelle gab, hatte eine beflügelnde, erotisierende Wirkung, so unvorstellbar ihre Existenz Caren anfangs erschienen war. Doch dass Ben ein anderes Leben hatte, eines, an dem sie keinen Anteil, in dem sie nichts zu suchen, nichts zu entscheiden, nichts zu tun hatte, gefiel ihr, so, wie es reizvoll war, einen Menschen zu entdecken, nicht zu wissen, wie sein bisheriges Leben ausgesehen und was es ausgemacht hatte. Zwischen ihnen beiden gab es nicht, was viele Paare wie eine Auszeichnung auf ihrem Revers trugen: den anderen in- und auswendig zu kennen, seine Marotten, seine Ticks, seine Gewohnheiten. Es waren die Leerstellen, die ihre Liebe definierten. Sie hatte keine Ahnung, wie Ben seine Zeit ohne sie verbrachte, wer seine Eltern waren (einfache Leute aus Marcsfield, East Sussex, hatte er gesagt, und es hatte sie verblüfft, wie unbeteiligt er es formuliert hatte). Sie hatte keine Vorstellung davon, wie sein Büro aussah, wo und was er mittags mit seinen Kollegen aß, wie er sich auf den Betriebsausflügen der Bank gebärdete, wie Ben und Adelle ihre gemeinsamen Stunden füllten, worüber die beiden sprachen, wie sie sich liebten, was sie aneinander nervte. Es gab sein Leben. Und es gab ihr Leben. Ihre Liebe glich einem ständigen Anfang – bisher zumindest hatte sie es so gesehen, so sehen wollen, selbst wenn Rituale und feste Tage und Ticks wie blaue Zahnbürsten wenig Anfängliches in sich trugen. Nein, der Geschichte mit Julien war keine Bedeutung beizumessen, sosehr es sie beschäftigte, dass sie sich folgenschwere Anfänge mit ihm wünschte. Diese ersten Male. Zum ersten Mal gemeinsam spazieren gehen, Hand in Hand. Zum ersten Mal zusammen essen gehen, als Liebespaar. Zum ersten Mal nebeneinander im Badezimmer stehen, in Handtücher gewickelt. Zum ersten Mal miteinander verreisen und sehen, was der andere in seinen Koffer packt. Alltäglichkeiten, denen sie mit Ben aus dem Weg ging, sorgfältig darauf bedacht, das Glück nicht in Verbindlichkeiten zu verheddern. Sie waren noch nie miteinander verreist, verbrachten ihre Ferien stets getrennt, waren nicht einmal ein Wochenende aufs Land gefahren, was man doch früher oder später machte, *eigentlich,* vor allem in den Sommermonaten, wenn die Hitze in der Stadt unerträglich wurde und der Wind über den Feldern von Oxfordshire oder an den Küsten von Kent und Cornwall Erfrischung bot. Sie wusste, dass Maresfield, East Sussex, nicht am Meer, sondern eine Autostunde entfernt von Brighton und Newhaven lag; sie wusste nicht, wie oft Ben seine Eltern besuchte oder ob er mit ihnen an heißen Sommertagen an den Strand fuhr. Ihren gelegentlichen Fragen nach solch landläufigen Dingen wich er nicht aus, aber er beantwortete sie knapp und prosaisch, als wolle er alles Gewöhnliche von Caren fernhalten, als sei das Lückenhafte ihrer Verbindung das, was sie trug. Nein, es war alles perfekt. Es war alles, wie sie es haben wollte. Es gab nichts auszusetzen an ihrem Leben. Julien war kein Beginn, würde ein einziges Mal bleiben. So etwas passierte. Und manchmal passierte es sogar Menschen wie ihr, denen so etwas nie passierte. Sie musste ihn sich nur wieder aus dem Kopf schlagen, so schwer sich das in den vergangenen zehn Monaten gestaltet hatte.

Am Sonntag nach der Demonstration in Paris hatte Julien sich von ihr verabschiedet, als wäre nichts gewesen. Er, der nur wenig von ihrem Leben in London wusste, war klug genug, sie nicht anzurufen, keine Nachrichten auf ihr Handy zu schicken, sie nicht überraschend aufzusuchen. Hatte möglicherweise gar kein Interesse daran, sich bei ihr zu melden, ihr Nachrichten aufs Handy zu schicken oder sie überraschend aufzusuchen. Doch seinen Blick – vorher, nachher, währenddessen – hatte sie vor Augen, nach wie vor; er berührte sie noch in der Erinnerung mehr, als gut für ihre Nerven war. Sie konnte fühlen, wie Julien sie zur Begrüßung umarmte, dabei seine Hand auf ihren Rücken legte. Durch all den Stoff, den sie an diesem Januartag getragen hatte, fühlte sie seine Hand, die nicht sacht ihr Schulterblatt antippte, wie es bei einer schicklichen, freundschaftlichen Begrüßung zwischen Männern und Frauen geschah, sondern ihren Rücken in Taillenhöhe umfasste, ihren Körper an seinen zog und hielt. Die Hand im Rücken ein Versprechen, das sie einlösen oder verfallen lassen durfte. Es war, dachte Caren, nur eine Frage der Zeit gewesen; vom ersten Augenblick an waren sie nicht sicher voreinander gewesen. Bei manchen Begegnungen wusste man das sofort. So alt wie die Menschheit: die Verführung zum Wagnis. Das etablierte Glück aufs Spiel zu setzen für das Neue, das Andere, die Intensität, die Caren zu leben geglaubt, aber in Julien erst entdeckt hatte, diese verfluchte Intensität seines Blicks, diese Aufmerksamkeit, seine Unbestechlichkeit. Seine Bewegungen, sein Geruch, sein Atmen, sein Rhythmus, all das verfolgte sie, erinnerte sie jeden Tag an ihn, kam ihr bei der Verrichtung alltäglichster Dinge in den Sinn, woraufhin sie innehalten, sich der Irritation überlassen musste, denn es half nichts, als sie zuzulassen, diese Gravuren, die er im Vorbeigehen hinterlassen hatte. Sie spulte die Bilder vor und zurück, bis sie den Kopf schütteln musste, um sie loszuwerden. Überspannt, natürlich! Es war keine Affäre, weit entfernt davon; und es war gefährlich, sich hineinzusteigern, weil zu viele Unschuldige in Mitleidenschaft gezogen werden konnten – Zivilisten, das Wort fiel ihr ein –, und das ging nie gut aus, wusste man doch. Es war schon gefährlich, eine Affäre auch nur zu denken. Und es half auch nicht bei sinkenden Zimmerdecken, im Gegenteil, es rief sie vermutlich hervor.

Vor Paris hatte Caren es nicht für möglich gehalten, Stunden mit Starren zuzubringen, auf ihrem Bett oder sonst wo. Was für eine Zeitverschwendung! Was für eine erbärmliche Lethargie! Carens Tage waren ausgefüllt, gleichwohl unendlich gewesen, so, wie ihr das Reservoir an Möglichkeiten der Lebensgestaltung unerschöpflich erschienen war. Da war sie ganz ihr Vater, der als Mitarbeiter des Auswärtigen Dienstes Großbritanniens die Familie zu jeder noch so weit entfernten Station seines Berufslebens mitgeschleppt und alle drei Kinder gelehrt hatte, immer das Beste aus der Situation zu machen. Alle paar Jahre neue Schulen, neue Freunde, neue Umgebungen. Erst Brasilien, von dort nach Amerika, wo ihre französische Mutter einfach nicht glücklich werden wollte, dann Frankreich (der Mutter zuliebe), noch einmal Amerika (ihre Mutter schlug sich tapfer), schließlich wieder England. Trotz der intensiven Erfahrung zeitlicher Rahmen für jeden Ort, der vorhersehbaren Endlichkeit dieses oder jenes Alltags hatte Caren nie befürchtet, die Zeit für bestimmte Angelegenheiten sei begrenzt. Im Gegenteil, sie hatte immer die Überzeugung vertreten, dass es für nichts jemals zu spät war, man früher oder später auf das eine oder andere zurückkommen konnte, so, wie man sich vornahm, im Ruhestand *Ulysses* zu lesen oder in den nächsten Ferien den Kilimandscharo zu erklimmen. Du glaubst wirklich an Zufall?, hatte ihre Mutter gefragt, damals, als sie in New York wohnten und Caren ihr Praktikum bei WABC TV überlebt hatte. Natürlich, hatte Caren geantwortet, selbstverständlich ist es nichts als Zufall, dass ich in diesem Moment zwei Blocks weiter an der Murray Street vor einem Bagelwagen stand und gegrillte Pute mit Remoulade für meine Kollegin Marcy im Schneideraum bestellte. Frag Vater, erwiderte ihre Mutter, frag Vater, er sieht es wie ich. Das war kein Zufall. Ich danke Gott auf Knien, dass du in diesem Moment zwei Blocks weiter vor diesem Bagelwagen gestanden hast. Da hat dich jemand beschützt, das sollte so sein. Und Caren hatte überlegt, tage- und wochenlang gedacht: Gott? Was für ein Gott sollte das sein, der mich beschützte und die anderen nicht?

3

11.08 Uhr. Von der Maschine nach Paris nach wie vor keine Spur. Entweder war das Flugzeug dort gar nicht erst gestartet oder es war noch in der Luft oder wegen ungewöhnlicher oder bedrohlicher Vorkommnisse auf eine isolierte Position in Heathrow gelotst worden. Caren stand auf und ging zum Schalter, wo die Stewardess und der Einsatzleiter noch immer mit Passagieren sprachen. Es gebe technische Schwierigkeiten, hörte sie die Stewardess sagen, man werde alles tun, um die Unannehmlichkeit so schnell wie möglich aus der Welt zu räumen. Sie glaubte ihren eigenen, einstudierten Worten nicht, und während sie sprach, überreichte sie dem Einsatzleiter einen Stapel Papier. Die Passagierlisten, sah Caren. Sie nahm ihren Presseausweis aus der Tasche und stellte sich so vor Mr Smart & Handsome, dass er sie wahrnehmen musste.

Sagen Sie mir, was wirklich los ist?, fragte sie leise, blickte freundlich und zeigte ihm den Ausweis.

Er lächelte zurück. Gerne, antwortete er laut und deutlich. Die Maschine hat auf dem Flug nach Heathrow ein technisches Problem gemeldet, das hoffentlich so schnell wie möglich behoben werden kann.

Und das technische Problem wird gerade in der Luft behoben?

Das technische Problem wird in diesem Moment hier in Heathrow behoben.

Caren sagte wiederum leise: Und deswegen sind Sie hier, deswegen brauchen Sie so viel Sicherheitspersonal und sperren das Gate ab, deswegen sehen Sie Passagierlisten durch und deswegen dürfen wartende Passagiere gerade nicht oder nur in Begleitung zur Toilette gehen ...

Routine, antwortete er. So etwas machen wir ab und zu, und es bietet sich an, das bei einem ohnehin verspäteten Flug zu tun – realitätsnah, eine gute Übung für die Security.

Natürlich, sagte Caren und sah ihn eindringlich an.

Er erwiderte den Blick souverän.

Langsam ging sie zu ihrem Platz zurück, wo Wittgenstein sein Buch zur Seite legte und in seiner Aktentasche kramte.

Haben Sie etwas in Erfahrung bringen können?, erkundigte er sich.

Nichts.

Ich schätze, wir haben einen terrorverdächtigen Passagier unter uns oder die Maschine wurde auf dem Weg hierher entführt oder es gab eine anonyme Drohung. Etwas in der Art. Kein Wunder – nach gestern, meine ich. Jedenfalls wird es bei diesem Aufgebot an Sicherheitsleuten lange dauern. Richten Sie sich lieber darauf ein.

Caren sah ihn an. Er sprach nur aus, was sie ohnehin glaubte. Trotzdem dachte sie: Nicht schon wieder. Nicht schon wieder *etwas in der Art*.

Wittgenstein wirkte in keiner Weise beunruhigt. Seine

seeblauen Augen unbefangen, seine Bewegungen bedächtig. Erzählen Sie mir, sagte er, warum Sie nicht mehr an Zufälle glauben.

Wie kommen Sie darauf, dass ich es je tat?

Ach, kommen Sie, sagte er, erzählen Sie es einfach.

Caren zögerte. Die dicke Frau links neben ihr knusperte sich durch eine Tüte Vinegar Chips, las eine Illustrierte. Der junge Mann, der inzwischen rechts von ihr Platz genommen hatte, hörte Musik und hatte die Augen geschlossen. Die zwei Männer, rechts und links neben ihrem Gegenüber, telefonierten oder tippten auf ihren Handys. Ein selbstbezogenes Geschehen, niemanden interessierte, was sie antworten würde.

Sagen wir so, entgegnete Caren, gelegentlich geschehen Dinge, für die die Zufallserklärung zu simpel ist. Das bedeutet nicht, dass ich gern Dinge zusammenklebe oder unbedingt einen Sinn in allem suchen muss, aber manchmal ...

In der mathematischen Informationstheorie heißt ein Sachverhalt zufällig, wenn er sich nicht weiter simplifizieren lässt. Es wurde vor geraumer Zeit allerdings von der Berechenbarkeitstheorie demonstriert, dass kein Kriterium existiert, mit dem sich feststellen ließe, ob es zwischen scheinbar willkürlichen Daten nicht doch einen inneren Zusammenhang gibt.

Sie geben mir also recht?

Nur insofern, als der Zufall nicht beweisbar ist und das Gegenteil auch nicht. Ich halte es mit einem Mathematiker aus dem 17. Jahrhundert. Jakob Bernoulli. Wenn eine Münze 100 Mal in die Luft geworfen wird und 51 Mal auf die Zahl, 49 Mal auf den Kopf fällt, lässt sich daraus nicht folgern, wie das 101. Experiment ausgehen wird. Aber es ist anzunehmen, dass sich nach weiteren hundert Würfen wieder ein ähnliches Verhältnis von Kopf und Zahl einstellen wird. Je mehr Würfe in der Statistik, desto geringer die Differenz der Ergebnisse. Das ist Bernoulli – je öfter Sie etwas versuchen, desto mehr Treffer werden Sie landen. Wenn Sie also bei jedem Gewitter auf ein freies Feld rennen, erhöhen Sie dadurch zumindest die an sich geringe Wahrscheinlickeit, zufällig vom Blitz getroffen zu werden. Das sollten Sie berücksichtigen, bevor Sie endgültig annehmen, dass für manche Ereignisse oder manche aufeinanderfolgenden Ereignisse die Erklärung des Zufalls zu simpel bleibt.

Und eine Verkettung tragischer Umstände, wie die des World-Trade-Center-Finanzberaters, der beim Flugzeugabsturz umkam, ist für Sie nichts weiter als ein Rechenexempel?

Was machen Sie beruflich?

Ich bin Journalistin.

Wittgenstein grinste. Aha! Eine berufene Skeptikerin.

Und was machen Sie?

Ich bin, sagen wir, Erkenntnistheoretiker.

Sie erforschen den Zufall.

Auch das habe ich gemacht, ja. Recht intensiv sogar.

Welcher Erkenntnis sind Sie jetzt auf der Spur?

Er überlegte einen Augenblick, die Stirn gerunzelt. Sah sich um. Die anderen Passagiere hatten sich, so schien es, für den Moment in ihr Schicksal gefügt, ins Warten, in ihre Machtlosigkeit, in das unentrinnbare Gehege, das man in nur wenigen Minuten um sie errichtet hatte. Ein Mädchen in schwarzen Hosen und einer ausgewaschenen Jeansjacke ging gelangweilt auf und ab, trank einen Shake aus einem Plastikbecher, an ihrer Hand, wie ein Accessoire, der kleine Bruder, ein schmächtiger Kerl in gelbem T-Shirt und Jeans und mit einer runden Brille auf der Nase. Er heulte.

Schauen Sie heute in die Zeitung, sagte Wittgenstein. Dass Wisente, was Bisons sind, ursprünglich nicht in europäische Wälder gehören, sondern in die Steppe, dass Teenager zunehmend weniger schlafen, aber mehr schlafen sollten, dass der russische Agent, der hier in London mit Polonium im Tee vergiftet wurde, doch ein Mordopfer seiner Regierung gewesen sein muss, das alles sind Geschichten, die wir heute neben den seitenfüllenden Berichten über die Anschläge in Paris lesen dürfen. Geschichten, die wir – mehr oder weniger – kennen oder uns längst so gedacht haben. Gerade Ihnen dürfte das Problem bekannt sein. Eigentlich ist schon alles da gewesen. Mehr oder weniger, wie gesagt.

Mehr oder weniger ... Caren wiederholte seine Worte und hatte keine Ahnung, worauf er hinauswollte.

Welche Geschichte wurde noch nie erzählt?, fragte er abrupt und machte eine lange Pause, in der er Caren nicht aus den Augen ließ.

Sie überlegte einen Moment. Erstaunt. Dachte an die Aufgabenstellung jeder Redaktionskonferenz: *Mach eine andere Geschichte dazu, gib dem Thema einen neuen Dreh.* Das meinte Wittgenstein offensichtlich nicht. Es lag etwas in seiner Frage, in der Entschiedenheit, mit der er sie vortrug, das sie rührte. Unfug, natürlich, eine Fangfrage, mit der er sie in ein längeres Gespräch verwickeln würde (hatte nicht vielmehr sie *ihn* in ein Gespräch verwickelt?). Doch strahlte

Wittgenstein etwas Ernstzunehmendes aus, dem sie sich schwer entziehen konnte.

Es liegt in der Natur der Sache, antwortete Caren, nachdem sie einen Moment überlegt hatte, dass Sie eine solche Geschichte nie finden könnten. Sie landen entweder schnell bei der banalen Erkenntnis, dass jede Geschichte einzigartig ist, da jeder Erzähler ein Individuum, also einzigartig ist. Oder Sie kommen zu dem nicht weniger banalen Ergebnis, dass Geschichten alles sind, was Menschen haben, das sie von Tieren und Pflanzen unterscheidet, was sie überhaupt erst zu denkenden, irrenden Geschöpfen macht. Nebenbei bemerkt gibt es etliche Romane aus der Sicht von Tieren, also selbst das ist versucht worden. Seit Menschen erzählen, versuchen sie, Neues zu erzählen, neue Welten zu erfinden, aber alle wissen, dass sie an diesem Anspruch, etwas Neues zu schaffen, ausschließlich scheitern können. Man kann von mir aus Traditionen brechen und der Literatur damit Neues hinzufügen – nehmen Sie Homer, Boccaccio, Grimmelshausen, Zola, Kafka, meine Güte, noch tausend andere –, aber niemand wird jemals etwas Neues erzählen. Vielleicht schreiben Sie Ihre Lebensgeschichte auf, die hat sicher noch niemand erzählt. Die will eventuell keiner lesen, aber wen interessiert's? Dann haben Sie eine Geschichte, die noch nie erzählt wurde.

Wer sagt, dass ich so eine Geschichte *schreiben* will?

Na gut, dann nur finden.

Nun weiß ich immerhin, sagte Wittgenstein, dass Sie eine schreibende Journalistin sind, sonst hätten Sie es nicht so formuliert. Also, wenn ich meine Lebensgeschichte aufschriebe, würde ich mit einem Mann beginnen, der ohne

Hilfe sein Bett aus seiner Wohnung schleppt, in einen Transporter lädt, durch die Stadt ins East End fährt und dann vor einer alten Fabrikhalle anhält, es auslädt und wieder zwei Stockwerke hoch in einen leeren Raum trägt.

Warum haben Sie das gemacht?

Darum geht es nicht. Sie und ich, wir sehen uns jetzt einen Moment lang an, wie ich mein Bett durchs Treppenhaus nach oben hieve, weil der Aufzug kaputt ist. Ist meine Geschichte vom Bett – wie jede persönliche Geschichte – vielleicht diese andere, die ich suche, die Rückseite der Medaille? Eine Geschichte, die genau so und aus dieser Perspektive noch nie geschrieben wurde? Mir fallen auf Anhieb vier Spielfilme ein, in denen Männer Betten tragen, und es ist egal, wohin sie sie tragen, ob rauf oder runter, die Geschichte vom Bett ist mehr oder weniger erzählt. Verstehen Sie? Das ist genau die Art von Geschichte, die ich nicht meine.

Caren nickte und bemerkte, dass sich um sie herum eine kolossale Unordnung breitmachte. Aus den Augenwinkeln sah sie zwei Polizisten, die einige Passagiere um ihre Mobiltelefone baten. Also gut, sagte sie zu Wittgenstein, Sie meinen etwas anderes. Nichts Fassbares, nehme ich an, nichts Naheliegendes, keine Gründe und Motive, Konflikte und Konsequenzen. Sicher auch keine Fantasie. Sondern das, was zwischen den Dingen liegt, was untergeht, wenn Sie es berühren wollen.

Jetzt haben Sie mich verstanden.

Und wenn Sie sie berühren, diese unerzählte Geschichte, dann werden Sie mit ihr untergehen?

Nur damit Sie es wissen: Ich habe dieses Bett vor langer

Zeit, als ich weit jünger war, aus meiner Wohnung geschafft, weil ich es für eine Frau, in die ich verliebt war, an jenem Ort wissen wollte. Für sie hatte ich den Raum gemietet, weil ich glaubte, dass sie sich darin wohlfühlen, dass sie die Stille und Weite schätzen würde. Ich hatte nur ein paar Mal mit ihr über den Tresen einer Bar hinweg gesprochen, ich wusste nichts über ihre Lebensumstände, hatte keine Ahnung, ob sie fühlte wie ich, aber in meiner Vorstellung kam sie eines Tages in diesen Raum. Es ging mir nicht darum, Sex mit ihr zu haben – was bei einem Bett als einzigem Möbelstück naheliegen würde, und ich hätte auch nichts dagegen gehabt, dass Sie mich nicht falsch verstehen –, aber nein, es ging mir darum, es anheimelnd und schön für sie zu machen, eine behagliche Welt für sie zu schaffen, anders als der Pub, in dem sie arbeitete. Wenn ich mir überhaupt vorstellte, ihr nahezukommen, dann immer nur in einem Kuss, weiter konnte ich damals gar nicht denken, denn wenn sie so geküsst hätte, wie sie mich ansah, wäre sowieso alles vorbei, wäre es im Moment des Kusses um mich geschehen gewesen. Das gibt es ja, selten zwar, aber das gibt es und Sie dürfen mich einen sentimentalen Idioten nennen: Küsse, die einen Menschen verändern, so barock es klingt (Caren fiel Julien ein), aber dann, dann handelt es sich um Liebe, so verschroben, versteckt, vergeblich sie sein mag. Liebe (Caren erschrak). Und die hat in einer Recherche über unerzählte Geschichten nichts zu suchen, sie ist kategorisch auszuklammern, denn wenn etwas rauf und runter beschrieben wurde, dann die scheiß Liebe.

Und Männer, die Betten tragen, fügte Caren hinzu. Was ist aus der Kellnerin geworden?

Ich habe sie geheiratet.

Es war die Selbstverständlichkeit, mit der er es sagte, die einen diffusen, krampfartigen Schmerz in Caren hervorrief. *Ich habe sie geheiratet.* Wäre es ein Satz, der Ben ebenso selbstverständlich über die Lippen ginge, zumal vor dem Hintergrund ihrer Geschichte? Tatsächlich wusste sie bis heute nicht zu beantworten, was für eine Art Mann er war; er, der zwei Frauen hatte, der sich nicht festlegen mochte, natürlich: so wenig festlegen mochte, wie sie selbst es wollte. Und doch war sein Leben anders als ihres. Er hatte sie beide, Adelle und sie. Sie zumindest hatte nur ihn. Während Ben für sie – zufällig? – das richtige Arrangement bereitgehalten hatte, eines, das ihrem Bedürfnis entgegenkam, möglichst unabhängig, aber nicht einsam zu sein, sagte es doch zugleich etwas über ihn aus, dass er kein Bett quer durch die Stadt bugsierte, Stockwerke runter- und wieder raufschleppte, um eine einzige Frau zu gewinnen. Es sagte etwas über Ben, den gemächlichen, intelligenten, erfolgreichen, klar zu umreißenden Mann, dass er der Liebe und Anerkennung Adelles und Carens bedurfte. Nur was, was sagte es aus?

Eine bemitleidenswerte Gestalt, hatte ihre Freundin geurteilt, eine der wenigen, der sie damals von ihm und ihrem Abkommen erzählt hatte. Wer hat so etwas nötig?, hatte Alma kopfschüttelnd gefragt. Wie wenig Selbstvertrauen muss einer haben, dass er sich nicht auf eine einzige Beziehung einlassen kann?

Caren hatte verärgert abgewinkt. Ausgerechnet von dir hätte ich ein so konventionelles Denken nicht erwartet ... Wie viele Menschen sind unglücklich in ihrer pasteurisierten Zweisamkeit, ihren scheinheiligen Konstruktionen? Wie viele leben in erstarrten Bildern der Tadellosigkeit, weil sie fürchten, was andere sagen könnten? Gibt es eine Statistik über Seitensprünge? Sie müsste monströs sein, und *das* ist bemitleidenswert. Was spricht dagegen, seine Wünsche zu formulieren und zu leben, Absprachen zu treffen, ehrlich miteinander zu sein und sich nichts vorzumachen?

Alma, eine Schwedin von bodenständigem Wesen und pragmatischem Charakter, ließ es (fast) auf sich beruhen: Ich rede nicht von konventionellen Vorstellungen. Nicht von Treueschwüren, Ehegelübden und gemeinsamer Wohnung. Ich spreche von der Metaphysik zwischen zwei Menschen, von einer inneren Verschreibung, die einen – und nur diesen einen – Menschen meint und meinen kann, weil sich das Erleben und Fühlen zwischen diesen beiden nicht vervielfältigen lässt. Es passiert selten genug, vielleicht nur einmal im Leben. Darin liegt der Wert: *gemeint* zu sein und den anderen zu meinen, sich ihm zu verschreiben, gleichgültig, welche Fehler und Katastrophen und Seitensprünge und Streitereien es nach sich zieht. Von mir aus geht es bei deinem Ben nicht um Selbstvertrauen, gut, unzweifelhaft aber um eine gespaltene Persönlichkeit. Wer zwei Frauen gleichzeitig liebt, hat mit hoher Wahrscheinlichkeit zwei Seiten, muss zumindest aber ungeheuer flexibel sein, um es mal positiv auszudrücken.

Nein, dachte Caren, welcher Wert sollte das sein, sich einem und nur einem Menschen zu verschreiben? Heiraten war nicht, was ihr hinsichtlich Ben in den Sinn kam. Ihn zu heiraten, vielleicht Kinder mit ihm zu wollen, war nie Thema gewesen, und sie vermied es, darüber nachzudenken. Nur selten ging ihr die verfängliche Kinderfrage auf kleinstem Raum durch den Kopf: Wenn ... War es dann nicht jetzt an der Zeit, darüber nachzudenken? *Eigentlich?* Ben hatte nie gefragt. Und nie Anlass dazu gehabt, sie danach zu fragen. Sie warf keinem Kinderwagen verzückte Blicke hinterher. Sie erzählte nicht vom Nachwuchs ihrer Kollegen oder Freunde. Überhaupt niemand fragte sie nach Kindern, nicht einmal ihre Eltern, was ebenso taktvoll wie charakteristisch für sie war. Es gab keine plumpen Bemerkungen, kein: Frag Vater, wie er über diese Verbindung denkt (Caren war klar: Er dachte nichts Gutes über Ben, obwohl er keine Ahnung von Adelle und dem Arrangement hatte), keine Erzählungen von den Enkelkindern der Tanten, Onkel oder sonst wem. Ihre Freunde und sämtliche Familienmitglieder hatten sich, so schien es, damit abgefunden, dass Caren dieses Leben führen wollte: ein eigenverantwortliches, freies, anderes. Und das wollte sie wirklich, sagte sie sich jetzt, es war ihre Entscheidung, ganz egal, was Wittgenstein ihr von seinem Bett erzählte.

Wenn ich sie fände, sagte Wittgenstein nach der längeren Pause, die entstanden war, und beobachtete geruhsam, wie die Polizisten die Handys einiger Passagiere in kleine Plastiktüten steckten und diese beschrifteten, wenn ich diese Geschichte fände, würden Sie sie aufschreiben?

Caren sah ihn überrascht an. Sein Blick zudringlich. Das käme darauf an ..., antwortete sie zögerlich.

Auf ihrem Telefon ging eine Nachricht ein: *Haben nachgehakt – noch nichts über Vorkommnisse in Heathrow. Bleiben dran. Neuigkeiten?*

Worauf käme es an?, fragte Wittgenstein.

Handys von einigen Passagieren werden überprüft. Luftaufsichtsbehörde anwesend. Schicke Foto vom Einsatzleiter, tippte Caren, zoomte Mr Smart & Handsome heran, machte ein Bild und schickte es an die Redaktion. *Soll ich versuchen, eine andere Maschine zu nehmen?,* setzte sie noch dazu. Die Antwort kam sofort: *Bleib noch da. Entscheiden das später, wenn Lage klarer.*

Nun, antwortete sie dann und sah Wittgenstein an, das käme darauf an, wie interessant Ihre unerzählte Geschichte wäre.

Nach journalistischen Maßstäben?, fragte er und lachte. So wie diese hier – von einem verspäteten Flug und einem Einsatzleiter und seiner Sicherheitsarmee, an der Sie gerade gedanklich arbeiten?

Nach allen Maßstäben für Geschichten.

Nennen Sie mir welche, wenn Ihnen als Kriterium für interessant nicht ausreicht, dass diese Geschichte noch nie erzählt wurde.

Der Chef selbst, schrieb Dan aus der Redaktion umgehend zurück. *Leiter der Flugaufsichtsbehörde. His name is Bond und die Lage offenbar ernst.*

Schön, also die naheliegenden zuerst, sagte Caren, amüsiert über das Filmzitat ihres Kollegen. Die Aufzählung von Ereignissen ist noch keine Geschichte. Und nicht jede Rückseite der Medaille – was immer Sie damit meinen – ist eine gute, andere Geschichte. Geschichten brauchen Erzähler, Zuhörer, Leser, sonst sind Geschichten keine Geschichten, egal, wo sie liegen: auf der Vorder- oder Rückseite der Medaille. Wenn niemand sie liest oder hört, was sind sie dann – Hirngespinste? Und Geschichte ist nicht gleich Geschichte ... Jedes Unternehmen erzählt seine Geschichte. Musiker machen nicht Musik, sondern erzählen ihre Geschichte. Filmproduzenten, Psychologen, Seelsorger tun es ... In jeder Pressemitteilung beruft sich einer auf seine Geschichte. Das Internet macht es nicht besser. Selbstbejahung hat nichts mit Selbstbewusstsein zu tun, sondern mit Selbstvermarktung, also mit dem Erzählen und Aufnehmen von Geschichten. Vom Kochen bis zum Konzerterlebnis wird alles berichtet – hör mir zu, sieh mich an, schau, was ich erlebe oder tue, beneide mich, bewundere mich und lass mich ansonsten in Ruhe.

Narziss, sagte Wittgenstein gedehnt, Narziss, der die Nymphe ins Verderben jagt mit seiner Ich-Erzählung, seiner Emotionslosigkeit, seiner Liebe zu nichts als sich selbst. Noch so eine Geschichte, die sich immer wiederholt: der eitle, nur mit sich beschäftigte Mensch.

So ist es, sagte Caren.

Nichts als Geschichten. Schon damals, als das erste New Yorker Attentat sie 1993 aufgerüttelt hatte. Wittgenstein hatte in gewisser Weise recht. In jenem Februar, als Kind, hatte sie angefangen, Geschichten anders zu hören. Anders zu bewerten. Jeder erzählte eine, zwei, vier, zehn am Tag – ihre Mutter, die Gynäkologin, wenn sie aus der Klinik oder von einer Abendveranstaltung kam, von denen Carens Vater und sie eine Menge besuchten. Ihr Vater, der Diplomat, der von seinem Arbeitstag berichtete und schilderte, wen er getroffen, welches Anliegen derjenige gehabt und welche Worte er dafür gewählt hatte. Ihre Schwester Rebecca, die von der Schule, von ihren Freundinnen, von Partys und Musik erzählte, ihr Bruder Thomas, der wissenschaftliche Experimente und Sportsendungen beschrieb, als sei er bei diesem oder jenem Versuch, bei diesem oder jenem Spiel tatsächlich dabei gewesen. Caren hatte nicht aufhören können, darüber nachzudenken. Sie hatte begonnen, jede Erzählung daraufhin zu überprüfen, ob sie ihr bekannt vorkam, ob sie sie so oder in leichten Abwandlungen bereits gehört hatte, sie fand in sich keine Geduld mehr für Phrasen, sie krümmte sich innerlich, wenn eine Geschichte wieder und wieder zum Besten gegeben wurde (weißt du noch ...?), und irgendwann, es geschah unweigerlich, sprach Caren weniger, letztlich gar nicht mehr. Tom und Rebecca hielten es für eine pubertäre Masche. *Sie will nur Aufmerksamkeit*, sagten sie zu den Eltern. Die machten sich zunächst nicht allzu viele Gedanken, dann aber doch Sorgen. Wieso erzählst du uns nicht von deinem Tag, Caren, Kind, ist alles in Ordnung, hast du Kummer? Doch es war aberwitzig, fand Caren, einfach zu erzählen! Abwegig, ungefiltert zu sprechen, Unsinniges, Alltägliches von sich zu geben, jetzt, wo die Dinge so deutlich lagen, wo sie verstanden hatte, dass man nichts wusste, egal, was einem erzählt wurde. Warum hatten der Kuwaiter Ramsi Ahmed Jussuf, der zwei Jahre darauf in Pakistan festgenommen wurde, sowie vier Helfer, die 1994 zu je zweihundertvierzig Jahren Gefängnisstrafe verurteilt wurden, die Bombe wirklich hochgejagt? Warum hatte der Führer der militanten islamistischen Gruppe Gamaa Islamija, Umar Abd ar-Rahman, der drei Jahre später zu einer lebenslangen Gefängnisstrafe verurteilt wurde, sie dazu angestiftet? Was hatten sie über

Zorn und Fanatismus, die sie zu Protokoll gaben, hinaus gedacht? Was war ihnen wirklich durch den Kopf gegangen, ihnen allein, als sie an diesem Februarmorgen aufgestanden waren, sich die Zähne geputzt und gefrühstückt hatten, um ans Werk zu gehen? Warum an diesem Tag? Was hatten sie am Abend vorher gemacht? Zusammen getrunken? Sich Videos angesehen? Alte Geschichten erzählt? Caren gab drei Monate lang kein Wort von sich. Sie konnte und wollte nicht mehr sprechen, ihre Überlegungen nahmen sie zu sehr in Anspruch – es gab nichts zu sagen. Ihre Lehrer verzweifelten, ihre Mitschüler lachten und warfen ihr Mäppchen oder Bälle an den Kopf, damit sie wenigstens aus Protest schreien würde, die Klavierlehrerin Rosa sprach mit ihr, als sei sie eine Taubstumme: Rosa artikulierte laut und kreischend und zeigte dabei auf ihre grellroten, faltigen Lippen, an denen Caren, deren Ohren so gar nichts fehlte, die Worte ablesen sollte. Schließlich brachte ihre Mutter sie zum Hausarzt, Doktor Spielvogel, neben dem eine Kindertherapeutin saß, die möglichst unauffällig überprüfen sollte, ob Caren Schreckliches widerfahren war, das sie verstummen ließ. Man stellte ihr Fragen, die ihr nachvollziehbar und hilflos erschienen, darauf gab es nichts zu antworten, man blickte sie freundlich und aufmunternd an, gab ihr ein Puzzle, Stift und Papier. Caren setzte das Puzzle in kürzester Zeit zusammen. Auf das Blatt malte sie eine Sonne, weil ihr das am unverfänglichsten erschien. Sie sagte nichts, kein Wort, wurde aus dem Zimmer geschickt, wartete im Flur, bis ihre Mutter mit kummervoller Miene aus Spielvogels Sprechzimmer kam. Sie hatte ihre Mutter noch nie so gesehen. Derart um Normalität und Unbeschwertheit bemüht, derart unglücklich und zerstört, dabei ein verzerrtes Lächeln auf ihrem Gesicht. Also fasste sich Caren ein Herz. Im Aufzug, auf dem Weg nach unten, überwand sie sich, machte den Mund auf und erklärte ihrer Mutter, dass sie Journalistin werden wollte. Ich will alles sehen, sagte sie, alles sehen und beobachten und *andere Geschichten* erzählen, wirklich andere. Woraufhin ihre Mutter in Tränen ausbrach und sie sehr fest umarmte.

Er gehöre zu einer aussterbenden Gattung, hatte Julien in der Nacht im Hotel gesagt. Sie hatte nackt in seinem Arm gelegen, an ihrer Stirn sein Kinn, sein Körper so warm, dass sie keine Decke brauchte. Menschen wie er würden nicht mehr gebraucht, jetzt, da jeder, der sich in der Nähe irgendeines Ereignisses aufhalte, mit seinem Telefon ein Bild davon machen könne und das auch tun würde. Er sei sich nicht einmal mehr sicher, ob es jemals nötig gewesen sei, Menschen die eine Szene einer Geschichte zu zeigen und sie durch die Macht der Bilder wachzurütteln – wie anmaßend!, fügte er hinzu –, haben wir Bildjournalisten wirklich jemals im Sinn gehabt, etwas zu verändern, wenn wir die Leichen, die Bomben, den Hunger fotografierten, oder haben wir unsere eigene Eitelkeit bedient, unseren Mut bewiesen, unsere Wachsamkeit gepriesen, unser ästhetisches Können zur Schau gestellt? Wir verändern rein gar nichts. Die Bilder richten nichts mit den Betrachtern an, wir tun nichts für ihre politische oder humanitäre Gesinnung, wir beenden mit einem Bild keinen Krieg. Wenn die Bilder etwas tun, dann erfüllen sie zumindest seit 9/11 eine ideologische Funktion, werden strategisch eingesetzt, instrumentalisiert. Sie erzählen den Bruchteil einer weiteren Geschichte, so oder so interpretierbar, so oder so einsetzbar, bis der Betrachter aufsteht, die Lektüre der Zeitung beendet und sich seinem Tagewerk zuwendet, dem Kleinen seines Trotts. Es ist erniedrigend, dass wir das Leid der anderen zeigen, wir sind niederträchtig, dass wir es tun und damit Geld verdienen. Vielleicht sind die Menschen viel interessanter, die sich all das Leid, dieses verdammte Leid und den Terror ohne jedes Bild vorstellen können, vielleicht müsste man die Strategie jeglicher Berichterstattung verändern – das wäre revolutionär.

Nein!, hatte er abgewinkt, als sie ihm widersprochen und die Bedeutung von Bildern für jegliche Berichterstattung unterstrichen und an ihrem eigenen Beispiel vorgeführt hatte. Die Frau auf der Trage, der Mann auf dem Bürgersteig, der nicht aufstehen konnte, der Rauch aus der Tiefgarage in New York. Undenkbar, dass sie die Wucht des Ereignisses damals begriffen hätte, ohne diese Bilder zu sehen.

Konnte sie das mit Sicherheit sagen?, wollte Julien wissen. Ist das Platons Bart – der Unterschied zwischen Es-gibt-etwas und Es-existiert? Besteht der Unterschied nur darin, es sehen zu können? Versteh mich, hatte Julien sie gebeten, sich über sie gebeugt und ihre Schultern umfasst, das ist kein Kulturpessimismus, ich bin nicht deprimiert. Dieser Tag hier in Paris, der hat etwas verändert, das ist alles, es wird vorübergehen und das ist das Problem, das ist es, was andauernd passiert, weil es geschehen muss, sonst würden alle verrückt. Wir halten die Menschen für schlecht, weil wir glauben, ihnen erzählen zu müssen, wie es war, was genau war, warum es so war. Wir halten nicht einmal für möglich, dass sie von selbst darauf kommen. Aber was wäre eigentlich so schlimm daran, wenn sie nicht darauf kämen? Braucht es ihre Betroffenheit? Die Leute murmeln, dass das alles schrecklich ist, gießen sich ein Glas ein und fahren fort mit dem, was immer sie für wichtiger halten, weil sie das so machen müssen – anders geht es überhaupt nicht. Sie müssen sich wieder dem zuwenden, was sie direkt angeht, so, wie du mich angehst, jetzt und hier. Wo führt das hin, Caren? Alles? Und das hier mit uns? Es ist nicht irgendeine Geschichte, und wir beide wissen das, wir wussten es, als wir uns zum ersten Mal begegnet sind, es war immer da. Und Caren sah seinen Schmerz, die Unmöglichkeit, mit ihr zu sein und ohne sie, beides ging nicht, und darauf, auch darauf, hatte sie keine Antwort, und plötzlich überkam sie in diesem Bett eine stickige, irrationale, larmoyante Angst, sie könne ohne Julien sterben, im Moment ihres Todes ohne ihn sein, und sich in dieser Minute oder Stunde, was es auch sein würde, an diesen Moment erinnern, sein Gesicht, diesen Blick, und sie würde sterben, ersticken an dem, was hätte sein können, was sie hätte sagen müssen, drei Worte, die sie nicht mochte, für die es viel zu früh war, die überhaupt nicht hierhingehörten, aber was sonst hätte an dieser Stelle Richtigkeit gehabt? Sie würde also sterben, und das Nichtgesagte in ihrem Hals würde den Tod qualvoller gestalten, als er ohnehin sein würde, sie würde sterben, und niemand würde Julien benachrichtigen, weil niemand von ihm und ihr wusste, von dieser einen Nacht, die keine Rolle spielte. *Eigentlich*. Und das war's dann.

4

11.55 Uhr. *Kontaktmann in Heathrow erreicht. Vertraulich! Info nicht verwenden. Es gab einen anonymen Hinweis auf einen in Deiner Maschine geplanten Anschlag. Der Verdächtige wird unter den Passagieren gesucht.*

Caren las Dans Nachricht. *Etwas in der Art*, hatte Wittgenstein gesagt, der schon wieder ausführlich in seiner Aktentasche kramte. Sie hatte keine Ahnung, was er überhaupt suchte. Es war also, kaum noch überraschend, tatsächlich etwas in der Art. Caren betrachtete die anderen Passagiere. Eine dickliche Blondine von vielleicht dreißig Jahren in blauem Shirt und lila Jacke, gelangweilt. Neben ihr ein junges Paar, das sich unterhielt, beide in Sneakers und schwarzen Trainingsanzügen, als hätten sie eine nächtliche Langstrecke vor sich statt einen kurzen Flug von gerade etwas mehr als einer Stunde. Ein glatzköpfiger Mann im blauen Hemd und mit einem dicken, dunkelblauen Schal um den Hals, der seine Brille putzte. Neben ihm seine Frau, um die fünfzig, Blick ins Nirgendwo, rote Wangen, schwarzgefärbte Haare, eine Felljacke auf den Knien. Ein ganz normales Bild von Wartenden, die keine Ahnung hatten, dass in ihrem Flugzeug – fast, vielleicht, möglicherweise – eine Bombe hochgegangen wäre und sie diesen Tag nicht überlebt hätten. Von der alten Dame im Rollstuhl bis zum Säugling im Kinderwagen alles dabei. Wie sollte man in einer solchen Menge einen potentiellen Attentäter erkennen? Sie stellte sich das Szenario hinter den Spiegelwänden des Terminals vor. Dort lagen die Büros der Spezialisten: Antiterroreinheit, Inlandsgeheimdienst, Kriminalpolizei, Verteidigungsministerium, Desaster Management, Rettungsdienst, Krisenzentrum ... Bei ihnen liefen jetzt die Drähte heiß und die Maßnahmen zur Umsetzung der Ablaufpläne für solche Gefahrenlagen auf Hochtouren. Die Namen aller Passagiere wurden durch sämtliche Sicherheitsdatenbanken geschickt, die Verbindungen ihrer Träger zu polizeibekannten Personen und Fahndungslisten geprüft. Die Videos aus dem Bereich der Passagierkontrollstellen wurden von der Luftaufsichtsbehörde und den Profilern bis ins Detail unter die Lupe genommen: Hatte sich jemand auffällig verhalten? Das Personal an den Sicherheitschecks war jetzt verdreifacht worden, natürlich würden auch die anderen Flüge des Tages überprüft. Sicherheit ging vor Verspätung, das Credo jeder Airline – nun wurde alles auf den Kopf gestellt. Unten, in der Gepäckabfertigung, war in diesen Stunden der Teufel los. Jeder einzelne Koffer aus der Paris-Maschine würde manuell geöffnet und von latexbehandschuhten Mitarbeitern durchwühlt, von Sprengstoffhunden beschnüffelt. Und in einiger Zeit würden einzelne Passagiere in separate Besprechungsräume hinter den Spiegelwänden gebeten und von erfahrenen Profilern interviewt werden. Der Einsatzleiter musste ein gutes Auge haben: Er würde die Passagiere gezählt und mit der Anzahl der eingecheckten Personen verglichen haben, bevor er die Absperrgitter aufstellen ließ. Genau im richtigen Moment, als er alle in der Wartezone wusste – kurz vor dem geplanten Abflug, wenn alle damit rechneten, dass das Boarding jede Sekunde beginnen oder zumindest endlich eine Information über eine eventuelle Verspätung angezeigt würde –, hatten seine Leute sie umzäunt. Es würde Stunden dauern, bis man sie alle wieder freilassen würde.

Ich würde Ihnen gern erzählen, sagte Wittgenstein in ihre Gedanken hinein, wie ich auf die Frage nach meiner Geschichte gekommen bin. Mit Ihrer Reportage über dieses Flugzeug kommen Sie im Moment ohnehin nicht weiter – niemand wird zum jetzigen Zeitpunkt mit einer Information rausrücken. Wir haben also Zeit. Was meinen Sie?

Caren sah ihn an: Ärgert Sie diese Verspätung nicht?

Keineswegs. Gegen solche Dinge kann man nichts machen, also rege ich mich erst gar nicht auf.

Ich muss kurz einen Termin bestätigen, antwortete sie, dann höre ich Ihnen gerne zu.

Sie tippte an Julien: *Bin auf dem Weg nach Paris, war eigentlich erst für Montag geplant (Interview mit Dinah Brahim), aber jetzt ... Ich hoffe, es geht Dir gut, trotz der Geschehnisse heute Nacht. Derzeit Probleme in Heathrow – sitze hier noch fest. Lust auf Kaffee in Deinem Inselcafé, wenn ich jemals ankomme?* Und dann, an die Redaktion: *Bitte bestätigt mein Interview mit Dinah Brahim am Montag, hoffe, sie hält an dem Termin fest.* Auf das Treffen mit der Pariser Europa-Abgeordneten, die Kind marokkanischer und algerischer Einwanderer war, hatte sie sich gefreut, und einen Termin dafür zu finden war schwierig gewesen. Caren legte sich das Handy auf den Schoß und sah Wittgenstein an.

Fertig, sagte sie, ich höre Ihnen zu.

Er sagte: Uns fliegen Geschichten um die Ohren. Geschichten von Königen, die auf Volksmensch, und von Arbeitern, die auf Prinz machen, von Mittelklassemenschen, die ihr Mittelklasseleben führen und daraus irgendwann, vorhersehbar und vorübergehend, ausbrechen, von Politikern, die strahlen, und Politikern, die lügen, von Kriegen, über die wir längst besser Bescheid wissen könnten, wenn es uns nur hinreichend interessierte, von Banditen, die rauben, von Autofahrern, die im Stau stehen oder in Stauenden rasen, von Straßenbanden, die sich gegenseitig auflauern, von Paaren, die Kinder adoptieren, und anderen, die Kinder weggeben, von Rotfeuerfischen, die den Klimawandel vorführen und plötzlich zuhauf in den oberen Wasserschichten der Ozeane schwimmen, von Ländern, die bankrottgehen, von Schönheitschirurgen, die Schauspieler verunstalten, von Diktatoren, die sich für Götter halten, und Toten, die zum Leben erweckt werden, Zwergen, die auf Inseln leben, und Leuten, die ihr Haus nicht mehr verlassen, Verbrechern, die Schulmädchen kidnappen, und Kriegern, die Zivilisten mit Drohnen töten. Was liegt auf der Rückseite all dieser Geschichten?, habe ich mich gefragt. Das war nur so ein Gedanke, wissen Sie, ein harmloser, naiver Gedanke, weil ich zornig wurde über diese Angelegenheiten. Es sind so viele längst erzählte Geschichten unter allen Geschichten. Und sie zerrütten unsere Gedanken. Viele davon – ausdrücklich nicht alle –, aber doch viele sind unsinnig, dennoch ersonnen. Sie werden erlebt, berichtet, geschrieben, gelesen, weggelegt, vergessen, überdacht. Wozu eigentlich, wenn alles schon gesagt, geschrieben wurde? Schön, ich sehe es ein: Angelegenheiten müssen eingeordnet werden. Wurden es aber doch längst. Sie brauchen ein Schubfach. Aber haben es doch schon. Die Stunde der Experten, die auf jedem Sender dasselbe sagen. Jeder Fall anders und neu? Sie ähneln sich meist so augenfällig, und das im Übrigen seit Jahrhunderten, dass sie mehr oder weniger bekannt sind. Schon erzählt. Zeitübergreifend. Es ist, als hätten wir das Denken ausgelagert, würden nur noch sammeln, was in unsere Vorstellungen passt, als dächten wir nicht mehr selbst nach, um richtig oder falsch für uns zu ermessen, sondern kennten schon die Richtung; Irrtümer ausgeschlossen, die Deutungsschablone sitzt. Im entferntesten Sinne, habe ich beispielsweise neulich gelesen, vielleicht war es ja in Ihrer Zeitung – für wen schreiben Sie überhaupt?

Den *Independent*.

Sehr vernünftig. Also: ... im entferntesten Sinne jedenfalls sei der 1965 mit einer abgesägten Flinte erschossene Malcolm X ein Vorbild für sich radikalisierende junge Männer. Sein Leben stehe im Kontext mit dem Leben sich radikalisierender junger Männer von heute. Dort Worte. Hier Taten. Seine Nation of Islam ein Vorbild für den Islamischen Staat. Im entferntesten Sinne natürlich, hat einer Ihrer Kollegen geschrieben. Nicht der Vergleich war für mich entscheidend, sondern diese Wendung. *Im entferntesten Sinne*. Jeder Sinn weit fort, entlegen. Die Journalisten arbeiten sich ab am Hass und daran, wie die Hasser sich aus ihrem Hass freischießen und freibomben, um am Ende nicht frei, sondern tot zu sein und damit möglicherweise frei, aber wer weiß und fragt schon, wovon eigentlich – im entferntesten Sinne? Frei wie das junge Paar, das in dem Bergdorf Castello di Postignano wohnt? Allein inmitten von neunundfünfzig schick renovierten Häusern. Alle leer. Das verlassene, mittelalterliche Dorf in Umbrien haben zwei Architekten aus Neapel über dreißig Jahre hinweg wieder hergerichtet. Nun liegt der Borgo – State of the Art – mit Internetanschlüssen, Fußbodenheizung und Erdbebensicherung am Hang, aber keiner wohnt dort, nur das junge Paar, das die Trattoria bewirtschaftet und ein Baby erwartet. Eine Trattoria *im entferntesten Sinne*, denn es ist ja keiner da, der in diesem Gasthaus einkehrt. Eine Festungsanlage, in der nicht geschossen und nichts befestigt wird. So fühlte ich mich plötzlich im Angesicht der Geschichtenfülle: wie der Borgo, wie die Trattoria, wie Malcolm X, der keine Ahnung mehr davon hat, wozu man ihn macht, ihn, Malcolm Little, der vermutlich selbst nie wusste, wer er eigentlich war, nur was er war: wütend.

Wittgenstein lehnte sich zurück.

Das nenne ich einen Rundumschlag, sagte Caren beeindruckt.

Absolut. Ich gebe zu – ein Rundumschlag. Aber mit Absicht! Sehen Sie: Ich habe nichts gegen Ihren Beruf, im Gegenteil, ich bin leidenschaftlicher Zeitungsleser, auch wenn ich weiß, dass Sie als Journalistin und damit wir als Leser, mit ein bisschen Glück, gerade einmal sechzig Prozent der Wahrheit kennen. Aber ich möchte Ihnen erklären, dass ich der festen und tiefen Überzeugung bin, dass es neben oder hinter all diesen Geschichten, die in der Historie, in der Fantasie, in Zeitungen oder in Büchern vorkommen, noch etwas anderes gibt. Etwas Ungesagtes.

Und das möchten Sie sagen.

»*Ich beschwöre Sie, es für möglich zu halten, dass alles, was wir als ›Weltliteratur‹ kennen, eine ganze vorläufige Trostlosigkeit ist, die großen Dinge sind noch überall geheim und Schätze.*«

Das ist nicht von Ihnen.

Nein, ist es nicht. Das ist von einem längst verstorbenen Universalgelehrten, was übrigens ein schöner Begriff ist, finde ich. Universalgelehrt. Gibt es so etwas heute noch?

Ich bin zwar immer noch nicht sicher, ob ich verstehe, worauf Sie hinauswollen, aber ich frage trotzdem einmal: Was wäre gewonnen, fänden Sie Ihre Geschichte?

Das weiß ich, wenn ich sie habe. Aber frei nach Wittgenstein – er deutete auf seine Aktentasche, in der das Buch inzwischen verschwunden war – mutmaße ich: Vielleicht hätte ich dann alle Probleme des Unerzählbaren im Wesentlichen gelöst, würde aber als Ergebnis zweitens feststellen müssen, dass wenig damit getan ist, dass diese Probleme gelöst sind.

Also der Versuch zählt?

Die Frage zählt.

Und wie und wo suchen Sie Ihre Geschichte?

Wittgenstein zog ein abgegriffenes, braunes Cahier aus seiner Tasche und reichte es ihr wortlos. Vermutlich war es dieses Heft, das er zwischen all den Zetteln gesucht hatte.

Caren schlug es auf. Seine Handschrift war schön, wie gestochen, großzügig, und ließ das Bild eines Genießers vor Carens Augen entstehen, eines gewissenhaften Denkers. Sie konnte sich nicht erinnern, jemals eine so formvollendete Handschrift gesehen zu haben.

Annäherung an das Unmögliche, hatte er über seine Notizen geschrieben. Und darunter: *Wozu brauchen Menschen Geschichten? Nachahmung (Aristoteles, Mimesis, der Mensch würde nichts lernen, wenn er nicht die Fähigkeit hätte, nachzuahmen. In der Kunst müssen Dinge zur Erscheinung gebracht werden, die alle Menschen umtreiben), tröstliche Endlichkeit des Narrativen, während unsere Lebenswirklichkeit wie alle irdische Realität kaum einen definitiven Anfang oder ein folgenloses Ende hat, Reduktion des seelisch bedrängenden Komplexen, Selektion.* Dann ein Strich und darunter die Frage: *Kann man zweimal in dieselbe Geschichte einsteigen?* Wieder ein Strich. Darunter die Notiz: *Voyager Golden Record*.

Wittgenstein überließ Caren der Lektüre. Er hatte sich Unterlagen genommen und las wieder, hatte einen Stift in der Hand und machte dann und wann am Rand Notizen, beachtete die in seinem Heft lesende Caren nicht mehr.

Sie nahm ihr Mobiltelefon – keine Antwort von Julien – und gab den Begriff in die Suchmaschine ein: *Voyager Golden Record*.

Von einem Forscherteam entworfene Datenplatten mit Bild- und Audioinformationen, die an Bord der beiden 1977 gestarteten interstellaren Raumsonden Voyager 1 und Voyager 2 angebracht sind als Botschaften an Außerirdische, Grußworte von UN-Generalsekretär Kurt Waldheim und US-Präsident Jimmy Carter, Musik von Bach, Beethoven, Mozart, Chuck Berry, Louis Armstrong und anderen, geschätzte Lebensdauer der vergoldeten Kupferscheibe: 500 Millionen Jahre.

Caren legte ihr Handy weg und betrachtete durchs Fenster das verregnete Flugfeld. Ein Mitarbeiter lag auf einer

Bank unter einem Vordach und schlief, ummantelt von nasser Luft wie sie zuvor von der sinkenden Hallendecke. Botschaften an Außerirdische. Wie wahrscheinlich war es, fragte sie sich, dass ein außerirdisches Wesen die Worte von Jimmy Carter verstehen konnte? Und würde das Wesen auf der Erde dann nach Jimmy Carter suchen? Und Mozart? Würde seine Musik bei Außerirdischen bestehen? Sie schüttelte den Kopf und las weiter in Wittgensteins Notizen. *Spatial Media. Temporal Media.* Wieder musste Caren die Suchmaschine konsultieren – es war ihr peinlich, und sie war froh, dass Wittgenstein es nicht bemerkte. *Bilder und Skulpturen oder Text, Film.* Dann eine weitere Notiz: *Roman. Hörbuch. Hörspiel. Hyperfiktion – Internetliteratur (Erzählen kann nach Belieben manipuliert werden, auch nachträglich. Hyperlinks verknüpfen Textsegmente miteinander, die durch multimediale, räumliche, bewegliche Darstellungsformen ergänzt werden), Comic.* Wittgenstein hatte schräg daneben geschrieben: *Im Comic gibt es keinen Erzähler: Übertragbar auf andere Erzählungen?* Seine Notiz hatte er zweimal eingekreist. Dann folgten zwei Zitate: *Roland Barthes: »... nirgends gibt und gab es jemals ein Volk ohne Erzählung.« Paul Ricœur: »... die Zeit wird in dem Maße zur menschlichen, wie sie narrativ artikuliert wird.«* Darunter hatte Wittgenstein in Rot festgehalten: *Gibt es ein Verfallsdatum von Geschichten?*

DAS EITLE PROBLEM DER INDIVIDUALITÄT. Das hatte Wittgenstein so fest auf eine neue Seite geschrieben, dass es noch auf der nächsten und übernächsten als Abdruck zu sehen war, als zürne er sich selbst. Darunter: *Telefonat mit G., der meint, ich solle mich mit Henry Darger und Voynich und Meinongs Gegenstandslehre beschäftigen.* Caren holte jetzt doch das Thunfisch-Sandwich aus ihrer Tasche und biss hinein. Trotz des Mannes in Jogginghosen, der noch immer vor ihr auf dem Boden lag und schlief, was angesichts der sich steigernden Unruhe um ihn herum immer bemerkenswerter wurde. Sie nahm wieder ihr Telefon. Von Henry Darger, dem Hausmeister aus Chicago, der in den 1930er Jahren das nicht zur Veröffentlichung geeignete 15 145 Seiten umfassende Manuskript der *Vivian Girls* verfasst und mit Zeichnungen und Aquarellen illustriert hatte, hatte sie vorher noch nie gehört. Das *Voynich-Manuskript*, von Forschern auf etwa 1500 n. Chr. datiert, las sie dann, sei in einer bislang nicht identifizierten Schrift geschrieben, sein Inhalt demzufolge nicht entschlüsselt und kein Mensch wisse, ob der Text überhaupt irgendeinen sinnvollen Inhalt transportierte. Die Gegenstandstheorie von Alexius Meinong Ritter von Handschuchsheim schließlich kreise um den Kerngedanken, dass jeder Wahrnehmungsakt, überhaupt alles Erleben intentional, sein Inhalt also auf etwas, auf einen Gegenstand gerichtet sei. Nicht existierende Dinge erhielten auf diese Weise ein Existenzrecht: Einhörner hätten eben Hörner, das wisse jeder. Der Ort, an dem sich diese nicht existierenden Existenzen aufhielten, nannten Forscher später *Meinongs Dschungel*. Zwei Seiten weiter in Wittgensteins Cahier las Caren: *What a zoo. Die Rückseite der Dinge ...* Das stand einfach so da, ohne weitere Erläuterung. (Julien hatte sich immer noch nicht gemeldet.) Dann wieder ein längerer Textblock: *In Geschichten und in der Historie geht es darum, die Zeit zu ordnen. Historische und literarische Erzählweise sind darin eins. Ziel der Erzählung ist niemals, eine endgültige Lösung für die Konflikte zu finden, sondern sie aushaltbar zu machen. Erträglich.* Aushaltbar ..., dachte Caren, was für ein Wort. Dann eingekreist: *In Musils* Mann ohne Eigenschaften *wird dem Wirklichkeitssinn ein Möglichkeitssinn zur Seite gestellt. Wenn es einen Wirklichkeitssinn gibt, muss es auch einen Möglichkeitssinn geben. Gibt es dann auch einen Unmöglichkeitssinn? Sind Geschichten, die noch nicht erzählt wurden, keine Geschichten? Zensur!*

Verwirrt legte Caren das Cahier zur Seite. Wittgenstein war so in seine Arbeit vertieft, dass er es nicht registrierte. Was dachte er sich bei alldem? Wohin sollten die Sequenzen führen? Ein später Existenzialist auf der Suche nach dem absurden Verhältnis von Mensch und Welt? Wirr waren seine Notizen nicht. Er kreiste die Geschichte ein, er beschäftigte sich mit unmöglichen Geschichten, überhaupt mit der Frage nach dem Unmöglichen, um seine Geschichte zu finden, aber was – gute Güte! – suchte dieser Mann genau? Sie konnte nicht weiter darüber nachdenken, denn tatsächlich geschah, was sie vermutet hatte: Mr Smart & Handsome und ein weiterer Mann im schwarzen Anzug baten zwei Passagiere – 12.25 Uhr zeigte die Digitaluhr – aufzustehen und mitzukommen. Es handelte sich um einen baumlangen Mann von vielleicht dreißig Jahren mit hellblondem, fast weißem Haar und tiefliegenden braunen Augen und einen deutlich kürzeren, älteren Herrn, dicklich, mit krausem, dunklem Haar und einem lustigen Gesicht. Die beiden sahen so überrascht und konfus drein, dass Caren am liebsten von weitem gerufen hätte, dass es sich um die Falschen handelte. Sie verhielten sich derart verängstigt, dass sie vor Aufregung in die Stewardess rannten, die in diesem Moment einen Wagen mit Getränken und Sandwiches hereinschob, nach und nach die Sitzreihen ablief und Stärkungen anbot. Caren stand auf und ging auf den Einsatzleiter zu, der sie bereits kommen sah.

Das gehört auch zur Routine?, fragte sie.

Die Snacks? Service des Hauses.

Hätten Sie gleich eine Minute für mich?

Natürlich, antwortete er, ich wollte Sie ohnehin bitten, mit mir zu kommen.

Aus welchem Grund?

Routine natürlich. Jetzt lachte er. Dafür, dass er einen oder mehrere Terrorverdächtige auszumachen hatte, wirkte er recht entspannt. Caren holte ihre Handtasche, wobei Wittgenstein kurz aufsah. Sie bat ihn, auf ihr Gepäck zu achten, was ihr sofort danach albern vorkam, als sie, flankiert von den beiden Passagieren sowie Mr Smart & Handsome und seinem Mitarbeiter, den Weg in den unauffälligen Gang mit den Büros hinter den Spiegelwänden zurücklegte. Niemand würde unter diesen Umständen, unter den Augen so vieler Polizisten und anderer Passagiere, ihren Koffer stehlen, in dem sich ohnedies nur Unterwäsche, ein Pyjama, ihre Zahnbürste, zwei frische Blusen, eine Jeans und Kosmetik in den für Handgepäck zugelassenen Größenordnungen befanden. Der kleine Koffer stand immer fertig gepackt und griffbereit in ihrem Schrank.

Samstag. Sie hatte Ben für diese Reise nach Paris versetzen müssen. Er war nicht verärgert gewesen, wie er – was *sie* bisweilen verärgerte – überhaupt nie zu verärgern war: nicht durch Stimmungsschwankungen, nicht durch Meinungsverschiedenheiten. Er war ein ausgeglichener, zufriedener Mensch, der alle Dinge, die ihm begegneten, grundsätzlich hinnahm und nichts vergaß. Er war umsichtig, beherrscht, freundlich, und wenn es überhaupt etwas an ihm auszusetzen gab, so waren es seine abrupten Themenwechsel. Hatte er genug von einer Unterhaltung, griff er aus dem Nichts ein anderes Thema auf, als gebe es allemal dringlichere, bedeutungsvollere Angelegenheiten als die vorliegende. Arbeit hatte für ihn Vorrang, da gab es nie Diskussionen, keine Konflikte. Auseinandersetzungen, nach denen sich Caren gelegentlich sehnte. Nach einem Gefühlsausbruch. Nach Wut, Zorn oder Enttäuschung. Nach etwas, das Leidenschaft in sich trug, ihn innerlich umgraben würde, keinen immerwährenden Gleichmut, keine konstant gute Laune. Ben war durch nichts aus der Ruhe zu bringen.

Er war ein Einzelgänger. Caren kannte nur zwei seiner Freunde. Man hatte sich in einem Pub getroffen, keine Verabredung, mehr ein loses Zusammentreffen nach der Arbeit. Die beiden waren schwer fassbar gewesen in ihrer Höflichkeit und ihrem formvollendeten Humor, hatten keinerlei Aufschluss gegeben über Ben, sofern Caren einen solchen gesucht hätte. Der eine ein Studienfreund aus Oxford. Harry. Hager, dunkelhaarig, glatt, Historiker, belesen, bedächtig, verheiratet, zwei Kinder. Einer von der Sorte, die schon als Schüler stets exzellent vorbereitet im Unterricht erschienen waren, nichts dem Zufall überließen und denen so leicht keiner etwas vormachte. Der andere, Trevor, ein Kollege seit Jahren, klein, beleibt, Glatze, geschieden, keine Kinder. Ben und er hatten bereits bei ihrem vorherigen Arbeitgeber Tür an Tür gesessen und dieses oder jenes Geschäft erfolgreich zum Abschluss geführt. Ein Tausendsassa, der zu allem etwas zu sagen wusste, gleichwohl gekonnt nicht viel Aufhebens darum machte. Gelegentlich driftete er ins Erzählen von Witzen ab, vielleicht, so vermutete Caren, weil es sein erprobtes Rezept für Unterhaltungen war: die Atmosphäre lockern, kurzweilig verhandeln und unangreifbar bleiben. Er hatte die Pariser Schule hinter sich, man merkte es ihm an: snobistisch, selbstbewusst, weltgewandt.

Gesellschaftliche Verpflichtungen mied Ben, soweit er konnte. Ließen sie sich beruflich gar nicht verhindern, pflückte er anschließend die Menschen auseinander, die ihm begegnet waren – von der Kellnerin bis zum Tischnachbarn. Er analysierte sie, karikierte sie, brachte Caren mit seinen überspitzten Darbietungen zum Lachen und nur selten zur Verzweiflung über seine misanthropische Grundhaltung. Er trug in seiner Wohnung Pantoffeln (Julien würde bestimmt keine tragen), war sehr ordentlich, zuvorkommend, geduldig und höflich. Er war nicht schön, aber attraktiv, gebildet und nie langweilig. Für die sehr wenigen Menschen in ihrer Umgebung, die von ihrem Arrangement wussten, war es auch nach all den Jahren noch unvorstellbar, dass sie eine Dreierbeziehung lebten. Wie unerhört es schon klang! Ménage à trois. Polyamory. Anfangs hatte auch Caren viel darüber nachgedacht, Bedeutung, Vor- und Nachteile erwogen, bevor sie sich ihrer Freundin Alma überhaupt anvertraut hatte. Dass man so etwas nicht machte. *Eigentlich*. Dass die Geschichte und Literatur voll von Beispielen war, die belegten, dass das nicht funktionierte. Dass schon der Lexikon-Eintrag zu ihrer Konstellation, den sie tatsächlich gelesen hatte, kundtat, dass Dreiecksbeziehungen manchmal als Ausweg oder Korrektiv einer Paarbeziehung gesehen würden und derlei Liebesgeflechte als spannungsreich, instabil und zeitlich deutlich befristet gälten, nur wenige ein stabiles Arrangement über Jahre realisieren könnten und dies als Bereicherung empfänden, egal ob offen oder geheim. Sie hatte überlegt, was genau an Adelle Ben bei ihr hielt. Wie er imstande war, parallel zu lieben. Ob man überhaupt und tatsächlich parallel lieben, sich auf zwei verschiedene Lieben einlassen konnte. Und während sie noch damit beschäftigt gewesen war, sich über diese Verhältnisse und ihre Gefühle und Almas durchaus berechtigte Bedenken klar zu werden, hatte Adelle bei ihr angerufen. Sie trafen sich zum Mittagessen im Cecconi's in Burlington Gardens, nicht weit von der Galerie entfernt, in der sie arbeitete. Da Adelle sie von Fotos aus der Zeitung kannte, hatten sie keine Probleme, sich in dem betriebsamen Restaurant zu finden, wo es laut genug für ein persönliches Gespräch ohne Zuhörer und abwechslungsreich genug war für den Fall, dass peinliche Pausen entstehen würden. Auf den giftgrünen Samtsofas saßen sie einander gegenüber, bestellten dasselbe, Spaghetti mit Hummer, dazu ein Glas Weißwein, betrachteten einander, fragten, ob sie erwartet hatten, was sie nun vor sich sahen, begegneten der Schönheit im Gesicht der anderen, suchten die kleinen Eigenarten, die Ben faszinieren mochten, und mussten schließlich beide lachen.

Was sagt man zu einer Frau, die denselben Mann liebt?, fragte Adelle, ihre Stimme angenehm tief und gelassen, die langen, dunklen Haare zu einem Knoten aufgesteckt und ihre braunen Augen warm und aufmerksam. Was ich mir zurechtgelegt habe, passt nicht.

Was hattest du dir zurechtgelegt?, fragte Caren.

Dass es in Ordnung ist, wobei es wohl kaum meinen Segen dazu braucht. Dass ich es verstehe. Dass ich es besser finde, mit offenen Karten zu spielen, als sich in Heimlichkeiten zu verstricken.

Und warum passt das nicht?

Weil du so aussiehst, als sei dir das alles selbst klar, es erübrigt sich.

Ja, es ist mir tatsächlich klar, hatte Caren zu ihrem eigenen Erstaunen geantwortet. Es ist mir klar und ich glaube, dass es möglich ist, zwei Menschen zur gleichen Zeit zu lieben. Möglicherweise kann das sogar funktionieren, wenn wir Regeln einhalten.

Wie lauten deine Regeln?, fragte Adelle.

Ich rede nicht mit ihm über dich. Du redest nicht mit ihm über mich. Und wir erzählen ihm noch nicht mal davon, dass wir uns getroffen haben. Jede von uns behält ihre Privatsphäre, wir betrachten es als verschiedene Leben und schauen, wie lange das gutgeht.

Es ging gut. Es hatte sich eingespielt. Es gab keine Eifersucht, sie hielten sich an ihre Regeln, und irgendwann, als es terminlich kompliziert zu werden drohte, telefonierten Adelle und Caren noch einmal, schlugen ihre Kalender auf und vereinbarten still und heimlich die festen Tage, als handele es sich um berufliche Verabredungen. Eine gute Logistik, befand Adelle, sei in ihrem Fall die halbe Miete. Ben hatte seinen Pyjama und die blaue Zahnbürste bei Caren, und immer auch ein frisches Hemd, Caren brachte jedes Mal ihre Sachen zu ihm mit, in seine nüchterne, überwiegend in Schwarz und Grau gehaltene kleine Wohnung, weil sie wusste, wie wichtig ihm Ordnung war, dass bei ihm – ganz anders als in ihrem Zuhause – alles seinen festen Platz haben musste. Und sie tat es auch, weil es ihr unpassend erschien, Adelle mit ihrer Kosmetik oder ihrer Kleidung zu belästigen. Immerhin war sie die Erste gewesen und Caren die Zweitfrau, wie sie sich nannte, sie war diejenige, die den Rahmen der Monogamie gesprengt und, so vermutete sie wenigstens, frischen Wind in Bens Beziehung zu Adelle gebracht hatte. Wenn sich Ben und Caren trafen, gingen sie zu zweit aus, ins Kino oder essen, manchmal ins Theater, allerdings war Ben kein großer Theater- und Literaturfreund, zu vage erschien ihm die Kultur, zu undeutlich die Emotionen, die sie transportierte. Konzerte hatten sich als kontraproduktiv erwiesen, da ihr Musikgeschmack sich nicht deckte (Ben: Metal, Punk und neue Improvisationsmusik; Caren: Jazz und Soul). Sie verabredeten grundsätzlich vorher, ob sie anschließend zu ihm oder zu ihr gehen würden. Sie küssten sich schon an der Haustür, schafften es manchmal nicht mehr ins Schlafzimmer, landeten infolgedessen auf seinem Parkettboden oder dem blassblauen Kelim in ihrem Flur, auf seinem grauen Sideboard oder Carens hölzernem Küchentisch, wobei der Akt der Liebe, immer noch schön und unverbraucht und aufregend, selten besonders zärtlich und stets zeitlich überschaubar ausfiel. Dann machte Ben Espresso, auch das ein Ritual. Er hatte die Maschine eigens für Carens Küche besorgt, denn es durfte nur diese sein. Ein abenteuerlich teures Gerät. Schließlich knipste er den Fernseher im Schlafzimmer an, während sie sich umzog und bettfertig machte. Ohne die letzten Nachrichten des Tages konnte Ben nicht schlafen. Sie hatte ihn noch nie aufgebracht oder gereizt erlebt. Ben war nicht aus der Ruhe und nicht aus seiner Routine zu bringen. War es auch damals nicht gewesen, hatte er ihr erzählt, damals, als sie sich noch nicht gekannt hatten, als die Flugzeuge in die Türme geflogen waren, auch mehrere seiner Bank-Kollegen getötet hatten, die in der New Yorker Zweigstelle arbeiteten, und die einundzwanzigjährige Caren zwei Blocks weiter an der Murray Street vor dem Bagelwagen gestanden hatte.

Sie hatte Ben am Vorabend nicht erklären müssen, dass sie nach Paris fliegen würde. Es war ihm bereits klar gewesen, als sie anrief. Er saß vor dem Fernseher und verfolgte die Live-Schalten aus der französischen Hauptstadt, sah das Fußballstadion, das Bataclan. Sie hatte ihm erklärt, dass sie länger bleiben würde, da sie überdies am Montag ein Interview mit Dinah Brahim zu führen habe, das schon lange vorher verabredet worden sei. Sie hatte ihm nicht gesagt, dass sie das Interview mit Brahim einem Kollegen regelrecht abgejagt und unbedingt nach Paris hatte reisen *wollen*. Sie mit einem anderen Mann zu teilen, das hatte er von Anfang an gesagt, könne er sich unter keinen Umständen vorstellen. Ich weiß nicht, wie ihr das macht, Adelle und du, hatte er gesagt, ich könnte es nicht, nein: ich würde es absolut nicht wollen.

Mein Name ist Bond, sagte Mr Smart & Handsome.
    Caren sah ihn verblüfft an. Das ist ein Scherz, gab sie zurück.

Ich fürchte nicht.

Dann werde ich jetzt keine Bemerkung machen.

Genau, antwortete er, tun Sie das nicht, denn ich werde den Witz für Sie noch viel besser machen: Mein Vorname ist James. Er zog seinen Ausweis aus der Tasche und hielt ihn ihr hin: *James Martin Bond,* stand darauf, *Luftaufsichtsbehörde Heathrow.*

Wie oft müssen Sie Martinis trinken?

Ich habe aufgehört zu zählen, sagte Bond.

Und wie oft wollten Sie Ihre Eltern für diesen Namen bestrafen?

Als Teenager zwei-, dreimal. Dann nicht mehr, denn zum einen ist der Vorname in unserer Familie seit Generationen Tradition, zum anderen hat dieser Name glücklicher- und auch überraschenderweise überwiegend positive Konnotationen. Wieder sein professionelles, vertrauenerweckendes Lächeln. Darf ich Ihnen statt eines Martinis einen Kaffee anbieten?

Er drückte einen silbernen Knopf auf seinem Schreibtisch. Kurz darauf trat eine grauhaarige, zierliche Dame ein, die ein Tablett mit zwei kleinen, dampfenden Tassen und einer Zuckerdose trug. Moneypenny, dachte Caren unweigerlich. Sie stellte eine Tasse vor Caren, die zweite vor ihren Chef. Es war alles vorbereitet. Vermutlich hielt seine Sekretärin an Tagen wie diesen mehrere solcher Tabletts für die verschiedenen Besprechungen bereit.

Sie arbeiten für den *Independent.*

Ich bin also schon durch Ihre Datenbank durch.

Sie haben mir Ihren Ausweis gezeigt. Aber ja: Alle sind schon durch die Datenbank durch.

Ich dachte nicht, dass Sie den Ausweis überhaupt angesehen haben. Und? Bin ich sauber oder gelte ich als verdächtig?

Weswegen sollten wir Sie für verdächtig halten?

Wenn bei Ihrer Routineübung schon alle durch die Datenbank gelaufen sind und wenn inzwischen doch sicher eine andere Maschine die technisch defekte ersetzen kann: Können wir zuversichtlich sein, bald nach Paris zu kommen?

Hören Sie, Caren, ich darf Sie doch Caren nennen? Sie haben um 11.55 Uhr von Ihrem Kollegen Dan Lieberman die Nachricht erhalten, dass es einen anonymen Hinweis auf einen Terroranschlag gab. Sie haben ein nettes Foto von mir verschickt, Sie wissen, wer ich bin, und Sie beobachten die Lage. Machen wir es kurz: Ihre Informationen sind richtig. Wir wissen, welcher Mitarbeiter des Flughafens Ihrer Redaktion die Information gesteckt hat, Leute von uns sind derzeit in Ihrer Redaktion und weisen Ihre Kollegen darauf hin, dass sie zum jetzigen Zeitpunkt nichts darüber schreiben, nichts veröffentlichen dürfen. Auf die juristische Lage in dieser Situation muss ich Sie kaum aufmerksam machen.

Caren schwieg.

Da Sie in Ihrem Politikressort seit Jahren über Terroranschläge berichten, waren Sie klug genug, leise und unauffällig mit mir zu sprechen. Dem ersten Anschein nach scheinen Sie also ganz vernünftig zu sein.

Herzlichen Dank.

Deswegen würde ich gern etwas von Ihnen wissen: Wer ist der Mann, mit dem Sie sich so angeregt unterhalten?

Caren nippte an dem heißen Kaffee.

Ich mache es Ihnen leichter: Sie haben ihn eben erst kennengelernt, das ist uns klar. Einer unserer Profiler hat Sie eine Weile beobachtet. Wir möchten wissen, was er Ihnen erzählt.

Woher kam der anonyme Anruf?, fragte sie zurück.

Aus dem *Hyde Park*. Vom gestohlenen Handy eines japanischen Touristen, das mit einer Prepaid-Karte aus einem Automaten bestückt war.

Haben Sie das Handy?

Lag in einem Mülleimer. Ja.

Fingerabdrücke?

Nein.

Gibt es Kameraaufnahmen von dem Automaten? Durchnummerierte Prepaid-Karten, sodass der etwaige Zeitpunkt des Kaufs festgestellt werden kann?

Bond grinste. Nein, der Automat steht in einem eigentümlichen und nicht videoüberwachten Kramladen in Bayswater, der von Fußballtrikots bis hin zu Schokoriegeln alles anbietet. Der Ladenbesitzer hat die Hände über dem Kopf zusammengeschlagen und gesagt, er wisse nicht, wie viele durchgeknallte Touristen jeden Tag Prepaid-Karten bei ihm aus dem Automaten zögen und wie, in Gottes Namen, wir auf die Idee kämen, er könne sich auch nur an einen von ihnen erinnern ... Und jetzt Sie, Caren. Wer ist der Mann Ihnen gegenüber?

Ich kenne ihn nicht.

So weit waren wir schon.

Wir haben über – sie zögerte –, wir haben über Zufälle gesprochen, was Zufälle sind und was nicht, ob man daran glaubt. Und wir haben über Geschichten gesprochen. Was Geschichten sind, was sie ausmacht.

Über Zufälle, wiederholte Bond.

Ja, über Zufälle.

Was für Zufälle?

Alle möglichen Zufälle. Er erzählte Beispiele vom 11. September in New York.

Ausgerechnet.

Nun ja, es waren sehr einleuchtende Beispiele. Er sagte, er sei Erkenntnistheoretiker und habe Zufälle erforscht, und es liegt durchaus nahe, prägnante Beispiele zu wählen, die jeder Mensch kennt.

Nichts, was es nicht gibt.

Er ist ein bisschen skurril, aber freundlich, und erschien mir sehr gebildet.

Das ist er zweifellos. Er ist Professor. Hat zwei Doktortitel, wenn diese Informationen über ihn richtig sind.

Diese Informationen? Zwei Doktortitel?

Betriebswirtschaft und Philosophie. Was hat er Ihnen zu lesen gegeben?

Private Notizen. Etwas, woran er arbeitet. Es geht um Geschichten, eine besondere, an der er arbeitet.

Was ist das für eine Geschichte?

Keine, die auch nur ansatzweise mit einem Flugzeug und Bomben zu tun hat. Zumindest, soweit ich es bis hierher beurteilen kann. Würden Sie mir seinen Namen sagen?

Er hat sich Ihnen nicht vorgestellt?

Ich habe mich ihm auch nicht vorgestellt.

Warum, denken Sie, redet er mit Ihnen über Geschichten, ausgerechnet mit Ihnen?

Weil ich ihm gegenübersitze?

Zufällig.

Natürlich zufällig!

Meinen Sie?

Herrje, Mr Bond, worauf wollen Sie hinaus? Wittgenstein weiß, wer ich bin, setzt sich mir gegenüber und erzählt mir etwas von Geschichten?

Wittgenstein?

Caren seufzte. Ich nenne ihn für mich Wittgenstein, da er eben in einem Buch von Wittgenstein gelesen hat. Ludwig Wittgenstein.

Das war der mit den Sprachproblemen, stimmt's?

Genau der.

Haben Sie auch einen Namen für mich in Ihrem Kopf, da Sie zweimal mit mir gesprochen haben?

Durchaus.

Ich frage lieber nicht.

Nein, tun Sie das nicht. Wenn Sie wissen, wer er ist – warum fragen Sie mich dann nach ihm? Warum ist der Herr Professor für Sie von Interesse?

Mich interessiert, was er Ihnen über sich erzählt hat – gerade jetzt. In welcher Verfassung er ist. Denn er hat einen, sagen wir, nicht ganz gewöhnlichen Lebenslauf.

Aber eine sehr geradlinige Handschrift.

Sie kennen sich in der Grafologie aus?

Ich finde, dass Handschriften auch dem unbedarften Leser etwas über Menschen verraten.

Bond sah Caren lange an, sein Blick war nicht zu deuten.

Ich möchte, dass Sie Folgendes tun, Caren, sagte er nach einer Weile. Gehen Sie zurück. Reden Sie weiter mit Ihrem Wittgenstein. Erzählen Sie ihm ohne Umschweife, dass Sie bei mir waren, um alles herauszufinden, was Sie herausfinden konnten. Erzählen Sie ihm, dass wir einen anonymen Hinweis haben und derzeit verzweifelt nach dem Anrufer suchen. Reden Sie weiter mit ihm und geben Sie uns ein Zeichen, wenn Ihnen irgendetwas auffällt, Ihnen etwas seltsam erscheint. Ich will ihn noch nicht selbst hierherbitten – aus verschiedenen Gründen, die jetzt nichts zur Sache tun. Jedenfalls: Wenn alles gut geht, haben Sie am Ende eine schöne Geschichte. Hoffentlich nur eine über merkwürdige Zufälle.

Er stand auf, sie tat es ihm nach, er öffnete die Tür für sie. Caren ging an ihm vorbei und sah ihn dabei kurz an.

Ist es ein netter Name, den Sie für mich haben?, fragte Bond.

Das kann man so oder so sehen.

5

Wittgenstein sah auf, als sie zurückkam. Die beleibte Dame ganz in Schwarz ihm gegenüber hatte ihre Vinegar Chips aufgegessen und hielt nun einen Kaffeebecher in der Hand. 12.46 Uhr. Caren setzte sich wieder neben sie.

Etwas Neues?, fragte Wittgenstein.

Nichts.

Ich frage mich, sagte ihre Nachbarin und stellte den Becher genervt auf den Boden, wie lange wir hier festgehalten werden und was überhaupt los ist. Sie hatte haselnussbraune, wildgelockte Haare, einen langen Pony über der Stirn und kraftvolle, graue Augen. Um ihren Hals, über einem schwarzen Pullover, lag ein gemusterter Schal in Rot- und Rosétönen, den sie jetzt neu band. Das ist doch völlig verrückt. Wenn es ein Problem mit dem Flugzeug gab, sollen sie uns ein anderes hinstellen. Das kann doch nicht so schwierig sein, dass es fast drei Stunden braucht. Darf ich fragen, was Sie dort hinten gemacht haben?

Ich habe mich mit dem zuständigen Mitarbeiter des Flughafens unterhalten und ihn gefragt, was diese Sicherheitsübung soll.

Die stört mich am allerwenigsten, sagte ihre Nachbarin.

Die Verspätung ist ärgerlich. Ich muss zu einem Seminar, ich bin in der International Psychics Association, heute beginnt unser dreitägiges Seminar zum Handlesen und ausgerechnet ich bin für den Eröffnungsvortrag vorgesehen.

Wittgensteins Augen weiteten sich. Caren sah die Frau an.

Die hob beide Arme und sagte gelassen: Nein, eine Flugverspätung lässt sich nicht in der Hand lesen, falls Sie das jetzt fragen wollten.

Es lag mir auf der Zunge, sagte Wittgenstein.

Was lässt sich denn in der Hand lesen?, fragte Caren.

Nun, manchmal stehen Menschen an Kreuzungen und wissen nicht, welche Straße sie nehmen sollen. Da ist es nicht verkehrt, nach einem Hinweis, nach einer Anleitung zu fragen. Oder man sucht nach einer neuen Perspektive, versucht, eine komplizierte Situation zu verstehen, will mal ein bisschen in die Zukunft linsen ... In der Hand lässt sich einiges lesen. Möchten Sie es versuchen? Ich bin übrigens Elaine.

Warum nicht?, antwortete Caren und streckte ihr die Hand entgegen. Seltsamer konnte es an diesem Tag ohnehin nicht mehr kommen.

Die linke bitte.

Elaine wischte mit ihrer warmen, fleischigen Hand über Carens, als müsse sie Staub entfernen, dann zog sie mit dem Zeigefinger Lebens- und Herzlinie nach, legte den Kopf schräg und schaute angestrengt auf Carens Haut. Mmmh. Sie haben eine lange Lebenslinie, was sehr schön ist, und eine tiefe Herzlinie, was heißt, dass Sie ein gefühlsbetonter, emotionaler Mensch sind. Sie machen beruflich etwas Kreatives, vielleicht Künstlerin oder so? Sie haben keine Kinder und eine nicht unkomplizierte Beziehung. Ich sehe viele Reisen ...

Kunststück auf einem Flughafen, warf Wittgenstein ein.

Ich sehe viele Reisen, wiederholte Elaine ungerührt, und Sie beginnen bald mit der Arbeit an einem neuen Projekt. Das wird Ihnen neue Wege eröffnen. Sie werden privat vieles verändern. Das dauert nicht mehr lange. Es handelt sich um – mehrere Männer.

Elaine sah Caren an, um zu überprüfen, ob ihre Worte eine Reaktion hervorriefen. Das taten sie nicht, zumindest nicht sichtbar, also machte sie weiter: Insgesamt befinden Sie sich derzeit in einer Verfassung großer Unruhe. Ich kann nicht sehen, woher sie kommt, aber es handelt sich um eine sehr umfassende Unruhe. Haben Sie eine Frage?

Das ist alles?, fragte Caren.

Was haben Sie denn erwartet?, fragte Wittgenstein. Keine Beziehung ist unkompliziert, irgendetwas verändert man immer, mehrere Männer sind interessant, zumindest hoffe ich, dass Sie sich ein paar interessante Exemplare ausgesucht haben, und auf einem Flughafen bei einem sehr verspäteten Flug mit lauter Polizisten um einen herum unruhig zu werden, erscheint mir nicht besonders originell, sondern eher normal.

Ich habe in der Tat eine Frage, sagte Caren zu Elaine mit einem süffisanten Blick auf Wittgenstein: Wie steht es mit mir und dem Zufall?

Wittgenstein lachte.

Elaine nahm noch einmal Carens Hand in ihre. Sie ließ sich Zeit. Dazu kann ich nicht viel sagen, befand sie schließlich. Was ich sehe, ist, dass Sie mehrfach in Ihrem Leben in gefährlichen oder immerhin brenzligen Situationen waren und es damit noch nicht zu Ende ist. Ob das Zufall ist, kann ich nicht beurteilen, und bedenken Sie bitte, bevor Sie sich jetzt Sorgen machen, was ich eingangs gesagt habe. Sie haben eine lange Lebenslinie. Welche Zufälle es also auch sind oder nicht sind, es sind keine lebensbedrohlichen, und ich sehe keine ernsten Krankheiten oder Verletzungen.

Von Wittgenstein war ein lautes Ausatmen zu hören, das durchaus als Kommentar zur Szene verstanden werden konnte.

Möchten Sie es vielleicht auch einmal versuchen?, fragte sie ihn.

Er winkte sogleich ab. Versuchen Sie es bei den anderen Wartenden – die langweilen sich, da haben Sie gute Chancen. Und nehmen Sie unbedingt Geld!

Unruhe. Caren hatte eine lange Diskussion mit Ben darüber geführt, als sie ihm vom Attentat auf *Charlie Hebdo* erzählt hatte, damals, immerhin das aus Paris erzählt hatte: Dass sie es jetzt anders hörte als vorher, wenn Politiker von einer noch nie dagewesenen Krisendichte und Unruhe sprachen, dass unübersehbar war, wie sehr die Bedrohung mit einiger Verspätung auch die unbeteiligten Zuschauer erreichte, denen allmählich klar wurde, dass die gewalttätigen Geschehnisse, die kulturellen Zerwürfnisse nunmehr der letzte Ausdruck einer allumfassenden, wabernden Unruhe waren, die man, viel zu spät, zur Kenntnis nehmen musste. Sie zitierte Zahlen für ihn (61 Prozent der Europäer hätten angesichts der weltpolitischen Lage inzwischen »große Sorgen«), den betagten Nachrichtensprecher der BBC, der zu Beginn einer

Abendsendung bekannt hatte, sich an keine Zeit in seiner beruflichen Laufbahn erinnern zu können, in der gleichzeitig an so vielen Stellen der Welt zutiefst beunruhigende Dinge geschähen, die näher und näher kamen. Und jetzt die vergangene Nacht zur makabren Bestätigung. Ben hatte ihr zugehört. Lange nichts gesagt. Und schließlich in der Rationalität des Bankers geantwortet, dass er ihre Gefühle für *ziemlich normal* hielt. Wir lebten lange unter der Käseglocke des Unversehrten. Uns ist nicht viel passiert. Du stehst jetzt unter dem Eindruck der Ereignisse der letzten Tage, ich habe deine Reportage zu *Charlie* gelesen, sie war emotionaler als deine anderen Berichte, das ist mir sofort aufgefallen, und natürlich habe ich mich gefragt, warum. Auch die Bilder deines Fotografen, ich habe seinen Namen vergessen, waren, sagen wir: sentimentaler als sonst ausgewählt. Vielleicht hat dich das alles mehr mitgenommen, weil du dort gelebt hast, weil dir Paris nah ist, weil die Ermordeten Journalisten waren wie du?

Caren hatte versucht, ihm klarzumachen, dass es nicht darum ging. Dass sie zu abstrahieren imstande war. Sie legte ihm dar, dass die Sicherheitsarchitektur Europas nicht funktionierte, sie redete von der Unfähigkeit der internationalen Gemeinschaft, die Krisenherde in den Griff zu bekommen, von Kriegen mit konfessionellen Elementen, die in ihrer Komplexität an den Dreißigjährigen Krieg erinnerten, sprach über Flüchtlinge, von denen sich bisher nur die Ersten auf den Weg gemacht hätten und die Europas Ordnung von Grund auf verändern würden. Sie legte ihm die Herausforderung dar, die der Terrorismus bedeutete, erläuterte, warum nicht nachvollziehbar war, dass die mit gesundem Menschenverstand zu benennenden Lösungen nicht endlich herbeigeführt wurden: Kappen der Wirtschaftsbeziehungen zu den Ländern, die nachweislich Unterstützer terroristischer Gruppen waren, diplomatische Auseinandersetzung mit den Nachbarn der Krisenländer. Sie erklärte ihm, dass sie sehr wohl wusste, dass es kein Patentrezept für Sicherheit gab, aber man doch zumindest endlich nach gemeinsamen Antworten suchen müsse, statt die Situation hinzunehmen oder, noch schlimmer, mit kurzentschlossenen militärischen Interventionen oder Waffenlieferungen auf lange Sicht anzuheizen. Dass man die Geschehnisse des Jetzt in den größeren Kontext des Irgendwann stellen, grundsätzlich Zusammenhänge herstellen müsse, statt nur die Gegenwart und das eigene Dasein zu betrachten, nun, da die Weltordnung derart gefährdet war.

Ben hatte sie lange, sehr lange, angesehen, wie er es oft tat. Durchdringend. Beobachtend. Unerträglich fast. Dann hatte er gelacht. Ein Lachen, das sie nicht aufgebracht, sondern verstört hatte. Sie hatte ihn nie vorher so anmaßend und abgeklärt lachen hören.

Und wie stellst du dir die Stabilisierung und mögliche Neugestaltung der Weltordnung vor?, fragte er. Indem Europa und Amerika dort unterstützen, wo Modernität erkennbar ist, der Wille zur Demokratie und Freiheit? Indem die Politik zwischen Werten und Interessen unterscheiden lernt? Indem der Internationale Strafgerichtshof saudische Familien verfolgt, weil sie den Terroristen Geld zustecken? Indem dein Fotograf traurige Bilder von Blut auf einer Straße zeigt? Menschen lernen nicht aus der Geschichte, das solltest gerade du doch wissen. Macht und Geld und

Kriege sind Phänomene, die zu allen Zeiten auftreten, die sich wiederholen, weil Menschen so ticken und glauben, dass es bei ihnen etwas ganz anderes ist, als es das jemals vorher war. Sie sehen sich. Sie sehen Möglichkeiten der Macht. Sie wollen ihre eigenen Erfahrungen mit der Macht machen. Und sie wollen mehr. Das ist die Natur des Menschen. Sei keine Träumerin, Caren, sei nicht naiv, das sieht dir nicht ähnlich. Das, was Außenpolitik antreibt, sind ...

Caren war ihm entnervt ins Wort gefallen: ... Ereignisse, einfach nur Ereignisse, ja, ich kenne den abgedroschenen Satz.

So, wie natürlich die Ereignisse der vergangenen Nacht die Außenpolitik antreiben würden, so, wie die Kriegsrhetorik des französischen Präsidenten die Außenpolitik vorantreiben würde. Krieg, hatte er am Vorabend sofort und unmissverständlich in die Mikrofone gesagt, so, wie es damals schon George W. Bush getan hatte. Es war nur eine Frage der Zeit, bis andere Länder Frankreich würden zu Hilfe eilen müssen in diesem Krieg, und dann würde alles von vorn losgehen. Der Kampf gegen den Terror mit unklarem Ausgang und nicht berechenbaren Gegnern, die man allenfalls unzulänglich kannte, die Bombardierung auch von Städten und Dörfern als Kollateralschäden, in denen dann Zivilisten starben, der wachsende Zorn der zufällig in Mitleidenschaft Gezogenen über die Einmischung des Westens.

Unruhe. Natürlich lag sie buchstäblich auf der Hand, das war eine leichte Übung für Elaine gewesen. Aber da war nicht nur die offensichtliche, äußere Unruhe, sondern auch eine andere in Caren. Das Gefühl von Mehr und Verheißung und Plan. Sie konnte die Dinge nicht mehr auf sich

beruhen lassen, sie mussten in Bewegung bleiben, als läge
– selbstredend wusste sie es besser, *eigentlich* – in Erneuerung ein Sinn, in Sehnsucht und Drängen ein Ziel. Natürlich waren die wenigsten zufrieden mit dem, was sie hatten, aber Caren schloss sich tatsächlich erst seit Julien und diesem Morgen in seinem Café auf der Île Saint-Louis mit ein, seit dieser Erinnerung an den Anfang, der Erinnerung daran, dass sie einmal *andere Geschichten* hatte erzählen wollen. Es war eine metamorphe Angelegenheit mit der Unruhe, hatte sie in den vergangenen Monaten festgestellt: selbst die, die von Ruhe und Carpe diem schwafelten, trieben die Unruhe voran, lagen im ständigen Widerstreit mit ihrer eigenen Unruhe. Ziele schienen Hemmschwellen und Ärgernisse zu sein statt erstrebenswert, und Caren wunderte sich, wie es dazu gekommen war, dass so viele die wirkliche Welt, die sie hatten, geringer schätzten als die möglichen Welten, die sie nicht hatten und vielleicht auch niemals haben würden. Es gab, fand sie, eine kategorische, allen weiteren Überlegungen vorgreifende Weigerung, die Dinge auf sich beruhen zu lassen. Und sie selbst stand da an vorderster Front.

Elaine, die Handleserin, hatte Wittgenstein beim Wort genommen und sich zu den anderen Wartenden gesellt, um ihre Dienste anzubieten. In diesem Moment saß sie bei der Dame in der hellblauen Hose und dem weißen Blazer und studierte deren linke Handfläche. Der Platz links neben Wittgenstein war inzwischen frei. Der Herr, der zuvor neben ihm gesessen hatte, lief an der Fensterfront auf und ab und telefonierte. Caren setzte sich neben Wittgenstein.

Es handelt sich um einen anonymen Anruf. Den Hinweis auf einen Terroranschlag in unserer Maschine, sagte sie leise.

Wollen oder *sollen* Sie mir das erzählen?, fragte er, ohne von seinen Unterlagen aufzublicken.

Ich soll. Sagen Sie mir, warum.

Die Datenbank wird Dinge über mich ausgespuckt haben, die eine Antiterroreinheit spannend finden dürfte.

Zum Beispiel?

Meine Essays zur Wahrscheinlichkeit und Berechenbarkeit von Anschlägen. Es gibt begrenzte Geister, die darin eine Anleitung zur Ausübung von Terrorismus sehen und mich tatsächlich einen verkappten Sympathisanten genannt haben.

Wie das?

Ich sage etwas darüber, wie verschiedene Aussagen von Politikern und verschiedene Berichte in den Medien die Wahrscheinlichkeit erhöhen, dass genau das befürchtete, geschilderte Szenario so oder in geringen Abweichungen eintreten wird. Dass es sich manchmal also nicht um reinen Zufall handelt, dem man schicksalhaft ausgesetzt ist, sondern bisweilen um Weissagungen, die sich selbst erfüllen. Was übrigens völlig normal ist: Während wir einen Zustand beobachten, verändern wir ihn bereits, und dann erst kommt der Zufall ins Spiel, es entstehen Rückkopplungen zwischen demjenigen, der etwas sieht, analysiert, fürchtet, und dem, der davon hört, es versteht und darauf reagiert, es für eine gute oder schlechte Idee hält. Es sind Rückkopplungen, die letztlich unvorhersagbar machen, was genau geschehen wird, und zugleich geradezu die Anleitung für das Eintreten ebendieses Geschehens sind.

Und mit diesen Studien haben Sie sich unbeliebt gemacht?

Vielleicht kann man von Polizisten kein Verständnis dafür erwarten, dass sich Philosophen der drängenden Probleme außerhalb der Philosophie annehmen müssen. Äußere Probleme zwingen einen dazu, nachzudenken, nicht die Philosophie an sich tut es.

Sie sind also Philosoph.

Ich bin einer, der nachdenkt, das allerdings eher pragmatisch, denn wie alle Philosophen beunruhigen mich nicht die ungewöhnlichen Dinge, sondern die gewöhnlichen, das, was wir sicher zu wissen glauben, während wir doch tatsächlich nichts wirklich wissen.

Ihre Essays allein können aber nicht der Grund dafür sein, dass die Polizei sich für Sie interessiert. Das ergibt keinen Sinn.

Wittgenstein sah Caren an. Meinen Sie? Ergibt es für Sie mehr Sinn, dass meine Frau Perserin und ihre Familie vor Jahrzehnten immigriert ist, dass ihr Bruder sich einer militanten Gruppierung angeschlossen hat und ziemlich weit oben auf den Listen der Fahnder steht? Sie hat jahrelang nichts von ihm gehört. Sie weiß nicht, wo er sich aufhält. Dass er mit den falschen Leuten in Verbindung steht, weiß sie überhaupt nur von Ermittlern. Er ist, sagen die, dem von Islamisten verdrehten muslimischen Grundsatz auf den Leim gegangen, dass der menschliche Wille abhängig von Gottes Willen ist und wahre Freiheit im Gehorsam gegenüber Gott und seinem göttlichen Gesetz liegt. Wenn es stimmt, was sie sagen, ist mein Schwager inzwischen so was wie ein Haus- und Hofschreiber des Dschihadismus.

Einer, der zuletzt vom syrischen Ar-Raqqa aus in wunderbaren Versen in schönster arabischer Tradition dichtete. Lobpreisungen und Klagelieder für die Kämpfer Gottes. Blutrünstigen Kitsch. Sie haben uns ein Video gezeigt, in dem zwanzig Dschihadisten eines seiner angeblichen Gedichte rezitieren. Ich habe selten etwas Absurderes gesehen. Es geht nicht um Propaganda wie in den Videos von Enthauptungen oder den Internet-Spots zur Anwerbung von Selbstmordattentätern, sondern darum, die eigenen Leute zu erreichen – in ihr Herz zu sprechen, so sagte es einer der Experten. Die Poesie als letzter Anker zu den Wurzeln arabischer Tradition, als Zuhause, da alle anderen Brücken unwiderruflich abgebrochen sind. Ich weiß es nicht mit Sicherheit, aber ich nehme stark an, dass meine Frau und ich seither unter Beobachtung stehen, um es milde auszudrücken. Dass man in meinen Gedanken und Aufsätzen versteckte Botschaften an meinen Schwager gesehen hat ... Und so weiter.

Durchaus ergibt das mehr Sinn, befand Caren. Die liebe Familie also.

Der anonyme Anrufer ist noch nicht gefunden?

Sie suchen ihn.

Und sie vermuten, weil der Anrufer das andeutete, dass sich der mutmaßliche Attentäter unter den Passagieren befindet?

Würden Sie eine Maschine von London nach Paris in die Luft jagen?

Ich habe vor, heute Abend in Paris einen alten Freund zu treffen, mit ihm Austern im Grand Véfour zu essen und dazu einen guten Muscadet zu trinken. Sagen Sie mir, warum ich mich vorher in die Luft sprengen sollte. Im Übrigen interessiert mich weit mehr, was Sie von meinen Notizen halten.

Caren sah ihn an. Ich bin bis zum Unmöglichkeitssinn gekommen. Zu Ihrer Frage, ob es einen Unmöglichkeitssinn gibt, wenn es einen Möglichkeitssinn gibt. Sind Geschichten, die noch nicht erzählt wurden, keine Geschichten?

Das ist die Frage.

Und ich habe mich gefragt, während ich Ihre Aufzeichnungen las, ob Sie vielleicht eine Geschichte im Sinn haben, die so schön oder so schrecklich ist, dass man sich nicht traut, sie sich auch nur vorzustellen, geschweige denn sie zu schreiben. Oder was einem erlauben würde, sich das Schönste, das ganz unmöglich Erscheinende vorzustellen und zu schreiben.

Eine Geschichte, die so schön oder schrecklich ist, dass man sich nicht traute, sie sich überhaupt vorzustellen? Dann hätte die Bibel nie geschrieben werden können, antwortete Wittgenstein.

Etwas zu erzählen bedeutet auch Selektion. Sie suchen also nach etwas, das Sie wählen können.

Oder nach etwas, das mich wählt.

Caren sah von ihm weg auf die Wand. Wieso sprach er ausgerechnet mit ihr darüber? Sie dachte an Bonds Worte. Ausgerechnet mit ihr, die zwei Wochen zuvor ein Interview mit der indischen Schriftstellerin Arundhati Roy gelesen hatte. Beim Frühstück war ihr Blick darauf gefallen. Autoren glaubten, dass sie aus der Welt Geschichten pflückten, hatte Roy da gesagt, doch beginne sie zu glauben, dass Eitelkeit Autoren so denken ließe, dass es vielmehr andersherum sei: Geschichten wählten Autoren, bestünden darauf, erzählt zu werden. Möglich, hatte Caren in diesem Moment gedacht, dass ihr unter allen Geschichten, die sie geschrieben, die sie recherchiert hatte, nie die eine begegnet war, die Caren zur Autorin haben wollte. Denkbar, dass die Geschichte ihres Überlebens sie gewählt hatte, die Frage der Schuld, die Geschichte dieser Zufälle, an die sie sich nach *Charlie Hebdo* und mit einer sagenhaften Verspätung von zwanzig Jahren erinnert hatte. Doch was war in Paris anders gewesen, sodass sie sich des Anfangs entsonnen, den Panzer verloren hatte? Daran erinnert hatte, wie sie als Dreizehnjährige ihren Entschluss gefasst hatte, diesen und keinen anderen Beruf zu wählen? Was war im Januar anders gewesen, das sie vorher nicht wahrgenommen hatte – nicht im Juni 2006, als sie gerade Reporterin geworden war und über die Autobomben von London zu berichten hatte, nicht im Juni 2009 beim Anschlag auf das Holocaust-Gedenkmuseum in Washington, D.C., nicht beim Attentat auf den Zeichner Kurt Westergaard 2010 in Dänemark, über das sie geschrieben hatte, nicht beim Amoklauf von Anders Breivik in Norwegen 2011, den sie ebenfalls als Reporterin beschrieben und analysiert hatte? Und: nicht einmal beim Attentat auf den Boston Marathon vor zweieinhalb Jahren, als sie ihre alten Freunde besuchte, die Detonation hörte, die Schreie, die Sirenen, als die Folgen der Vernichtung wie die Wiederholung eines schlechten Films vor ihr abliefen, Krankenwagen und Polizeiautos an ihr vorbei durch die Straßen rasten, Menschen in Angst auseinanderstoben. Was war in Paris anders gewesen?

Vielleicht konnte auf Dauer nicht schreiben, wer zu glücklich war, hatte sie an jenem Morgen gedacht. Vielleicht verstellte eine glückliche Kindheit den Blick auf das sogenannte *wahre* Leben, auf die andere Seite der Medaille, wie Wittgenstein sie genannt hatte – was das auch sein und was es damit auch auf sich haben mochte. Und Eitelkeit! Die von ihm so nachdrücklich geschriebene EITELKEIT, diese auch von Roy zitierte Eitelkeit – wohnte sie dem Schreiber grundsätzlich inne, musste sie es womöglich, oder war sie nur der Beigeschmack der Suche nach Aufmerksamkeit? Was steckte in einem, der schrieb, der schreiben musste? Was steckte in *ihr*? War ihre Kindheit glücklich gewesen? Zu glücklich? Eigenbrötlerin. Sensibelchen. *Butterbirne.* Hatte ihr Panzer, die abgeklärte Fragerei nach Beweggründen, nach den andersartigen Gründen, ihren Blick auf das, was ihre Familie und Kollegen das wahre Leben nannten, getrübt?

Caren rutschte auf ihrem Sitz hin und her. Dann sagte sie zu Wittgenstein: Die Geschichte, die noch nie erzählt wurde, hat Sie also erwählt.

So ist es.

Was ist überhaupt eine Geschichte für Sie?

Eine Schilderung in Worten und Bildern von einer oder mehreren Erzählfiguren, von mir aus auch sprechenden Autos. Diese Figuren sind in Zeit und Raum verankert und üben meist zielgerichtete Handlungen aus.

Das nennt man Plot, und die Definition haben Sie schön verinnerlicht.

Nicht wahr?

Und darüber hinaus?

Wahrnehmungen, Bedürfnisse, Erfahrungen – am besten verarbeiten Geschichten sie auf elementare Weise. Was und wer wir sind, definiert sich allein durch Geschichten, in die wir verstrickt sind. Wir können nicht verobjektiviert werden, wie es in einem Bericht, einer Chronik, einer Biografie geschieht. Die einzige menschliche Selbsterfahrung führt über Geschichten; Bewusstseinsebenen, die für sich gültig sind. Aber was für mich das Wichtigste ist: Nur vom Ende her gewinnt die Erzählung ihren Sinn; alles hängt am Ende. Das Ende legt den Wert des Vorangegangenen fest.

Lesen Sie in Büchern also immer zuerst das Ende, um zu wissen, ob sich die Geschichte lohnt?

Wittgenstein blickte verächtlich. Wie fad! Nein. Ich lese jedes Buch von Anfang an. Und am Ende weiß ich hoffentlich, dass das Vorangegangene seinen Sinn hatte. Und zwar nur so, auf diese eine bestimmte Weise, in der es erzählt wurde.

Demnach müsste Ihre unerzählte Geschichte eine von noch nie zuvor wahrgenommenen Wahrnehmungen sein. Oder eine noch nie dagewesene Erfahrung, in die der Erzähler verwickelt wird. Und wenn eine Geschichte nur vom Ende aus ihren Sinn gewinnt: Vielleicht ist Ihre unerzählte eine, die tötet. Sie wird deswegen nicht erzählt, weil sie tötet, und ihr einziger Wert bestünde in der Hinführung zum Tod.

Sie schießen melodramatisch übers Ziel hinaus, aber ich konstatiere erfreut, dass ich Sie angesteckt habe. Es arbeitet in Ihnen.

Wenn wir davon ausgehen, dass eine Geschichte immer einen Erzähler braucht, ist Ihre nicht erzählte Geschichte logischerweise auch die Noch-nicht-Erzählung eines bestimmten Erzählers. Es handelt sich also um eine persönliche Sache, richtig?

Wittgenstein überlegte einen Moment. Dann sagte er: Eine höchstpersönliche. Mehr geht nicht. Was macht einen Erzähler zu einem Erzähler? Was muss aus ihm heraus? Und warum? Was sucht er wirklich? Was haben Sie bislang in Ihren Geschichten gesucht?

Caren schwieg.

Wittgenstein bemerkte ihr Unbehagen und betrat neutraleres Terrain: Wir könnten auch von hinten anfangen. Wann wird eine Geschichte unmöglich? Wo stößt ein Geschehen derart an Grenzen, dass es nicht mehr in eine Geschichte gegossen werden kann? Das wäre nicht auszuhalten, nehme ich an. Gehen wir also davon aus, dass meine noch nicht erzählte Geschichte die ist, in der sich ein Individuum neu zu erzählen versucht. Es wäre gleichbedeutend mit einem Stammeln, der Suche nach Worten. Also: Wann stammeln wir?

Wenn wir erschüttert wurden, antwortete Caren, wenn wir an die Grenzen unserer Wertvorstellungen kommen, unsere Identität in Frage stellen ...

Genau. Dann suchen wir eine neue Ordnung, treffen auf einen anderen Stammler – so, wie wir beide gerade aufeinandertreffen – und offerieren einander keineswegs, unsere Verfasstheit erneut zu bestätigen, sondern eine neue Ordnung zu suchen. Und diese neue Ordnung ist ...

Caren fiel ihm ins Wort: ... zufällig abhängig von dieser einen, speziellen Begegnung, in diesem Fall unserer Begegnung.

Und während wir beide das bereits ahnten oder langsam realisierten, trafen wir paradoxerweise bereits auf jede

Menge Erzähler, die wir alle sind. Nehmen Sie die Stewardess, die uns die Geschichte vom kaputten Flugzeug erzählen will. Nehmen Sie Elaine, die uns vom Handlesen erzählt. Nehmen Sie den Einsatzleiter, mit dem Sie eben gesprochen haben. Jeder erzählt Geschichten. Geschichten, die er immer schon erzählt hat, oder eben solche, die ihm möglich sind. Treffen aber zwei gleichermaßen Erschütterte oder Stammler wie wir beide aufeinander, zwei, die keine Geschichte zu erzählen vermögen – so, wie wir beide derzeit nicht in der Lage sind, die unerzählte Geschichte aus dem Ärmel zu schütteln –, kommen wir möglicherweise zu der Erkenntnis, dass wir auf der Suche nach neuen, höchstpersönlichen Worten sind.

Die unerzählte Geschichte wäre folglich eine über ein Ereignis, das wir bis zu diesem Zeitpunkt nicht in unser Leben lassen wollten, es aber jetzt – durch unsere Begegnung – hineinlassen könnten und erzählen wollen, fasste Caren zusammen.

Wittgenstein nickte: Sozusagen ein neuer Blick, eine neue Wahrheit.

Caren fühlte sich überlistet, wenngleich sie ihren guten Teil dazu beigetragen hatte, aus seiner Geschichte ihre gemeinsame zu machen.

Sie fragte ihn: Was hat Sie erschüttert?

Und Sie?, fragte Wittgenstein zurück.

Sie schüttelte widerwillig den Kopf: Das erscheint mir doch alles, wirklich alles, ziemlich weit hergeholt.

Jetzt stecken Sie schon zu tief drin.

Ich stecke nirgendwo drin.

Natürlich tun Sie das.

6

Die Explosion war gewaltig. Ohrenbetäubend und infernalisch. Scheiben zerbarsten von ihrer Druckwelle, Tassen und Gläser schossen von den Tresen der Bars, Regale mit Flaschen stürzten klirrend ein, Weihnachtsbäume mit lächerlich baumelnden Lichterketten und durchbrennenden Sicherungen gingen zu Boden, die Leuchte im Zentrum des Terminals, die unermüdliche Spirale, gab den Geist auf, seilte sich im Zeitlupentempo von ihren Kabeln ab und bohrte sich in den Granitboden, die Uhr – 13.01 Uhr zeigte sie an – stürzte von der Wand und zersprengte in flirrende Digitalsplitter. Die Menschen im Terminal schrien entsetzt auf, fuhren zusammen, warfen sich auf den Boden und die Arme schützend über ihre Köpfe. Kinder begannen zu weinen. Es war nicht auszumachen, was wo passiert war. Doch selbst wenn man nie zuvor die Detonation eines Sprengkörpers gehört hatte – es war eindeutig, worum es sich handelte, niemand vermutete nur eine Sekunde etwas anderes. Es mochte daran liegen, dass die vorausgegangene Nacht die Menschen vorgewarnt hatte; es mochte das Wissen darum sein, dass Alltägliches wie ein Restaurant- oder Konzertbesuch nicht mehr unantastbar, zumindest die Illusion über die Unantastbarkeit endgültig hinfällig war, es gab in diesem Moment in London Heathrow keinen Zweifel: Die Eruption war die Kraft verbrecherischer Zerstörung. Caren sah ihre Hände zittern, sie waren papierweiß, sie fühlte ihre Beine nicht, bewegte sacht die Zehen – alles in Ordnung –, sie hörte wie durch Watte, ihr Mund trocken wie Mull, sie dachte an Julien und wunderte sich darüber. Schleppend, es fühlte sich wie nach Stunden an, nahm sie die Situation wahr: Die auf dem Boden liegenden Menschen, die anderen, die schreienden, in alle Richtungen rennenden Passagiere. Was gerade noch ein neuer, glänzender Terminal gewesen war, lag jetzt in Rauch, Schutt und Staub. Teile der spiegelnden Wandpaneele am Boden. Herrenlose Koffer (sofort fielen ihr die Koffer von Auschwitz ein, diese Koffer, deren Anblick sie kaum hatte aushalten können). Ein verlorener Schuh. Caren sah die Requisiten der Katastrophe. Zu oft im Film dargestellt, zu oft gesehen. Der Qualm – nur aus einer Nebelmaschine. Die Scherben – aus Zucker. Der Staub – nichts als Mehl. Aber nein. Eben nicht. Keine Fernbedienung. Alles echt. Keine Kulisse. Und sie kannte es zu gut, das Panorama der Destruktion, das sie seit ihrer Jugend begleitete. Wieder und wieder und wieder. Bizarrerweise wusste sie, dass sie unter Schock stand und zugleich alles wach in sich aufnahm, wie damals, als sie sich auf der Murray Street umgedreht und die zum Himmel gerichteten Köpfe, die erschütterten Gesichter der anderen bemerkt hatte. Sie hatte aufgesehen, als gälte es, ein nahendes Unwetter, einen heranwirbelnden Tornado zu entdecken, stattdessen war der Untergang hereingebrochen in einem grotesk faszinierenden Spektakel, so imposant in seiner Inszenierung, dass sie den Blick nicht hatte abwenden können, hatte hinsehen und sich, wie aus weiter Ferne, dabei zusehen müssen, wie sie selbst Feuer fing, die Umrisse der Reportage ausmachte, zugleich innerlich zusammensackte wie die Twin Towers. Alles in ihr hatte sich gewehrt gegen den Schmerz in ihrer Brust, die Erregung über eine gigantische Geschichte, die bodenlose Angst, die Scham über ihre Sensationslust, die aufsteigenden Tränen, den Zusammenbruch. Sie hatte ihn nicht zugelassen. Die Bilder brannten sich ein. Caren abstrahierte sie. Die Wirklichkeit eine Tragödie. Caren analysierte sie. Kühl. Kalkuliert. Beschämt. Aber kalkulieren musste sie doch als angehende Journalistin. Das galt es zu lernen. *Eigentlich*. Mit den sinnlos gewordenen Bagels in der Hand observierte sie die Flammen, das Feuer im oberen Drittel des Turms. Ihre Kenntnis jedes Details in den Redaktionsräumen von WABC TV stand ihr im Weg, sie zwang sich, den Blick trotzdem nicht abzuwenden. Von der Straße aus, weit entfernt, sah sie wie durch ein Periskop, was und wer im 110. Stock in diesem Moment zersplitterte, in Stücke brach, verbrannte, erstickte, erschlagen wurde, krepierte. Die bunten Blumensträuße, die Sarah, die Rezeptionistin, alle drei Tage frisch für die Besprechungsräume arrangierte, damit die Redakteure es nett hatten, wie sie sagte. Der altmodische, schiefe Aktenschrank im Flur mit den Eingangskörben für jeden Mitarbeiter, manche Namensschilder zerfleddert, in die Jahre gekommen, viele Körbe notorisch überfüllt. Das hellgraue Porzellanschwein, das bei Chris auf dem Schreibtisch stand, in das jeder einen Vierteldollar zu werfen hatte, der das Wort »extrem« in einem seiner Texte unterbrachte (weil es gerade Mode war).

Die Fotos von ihrem neuen Freund Stanley, einem Baseballspieler aus Michigan, die Ellen an die Wand vor ihrem Schreibtisch geklebt hatte. Caren sah das Papier, das sinnlos vom Turm segelte wie Konfetti – Memos, Notizen, Korrespondenzen, Rechnungen, Konzepte. Die Körper, die sich nach unten stürzten, lieber ins Ende von Manhattan warfen, als tatenlos zu verbrennen. Sie hatte all das mit der Distanz der werdenden Reporterin im Auge behalten, bearbeitet, archiviert. Sie hatte es nie verwunden. Sie hatte nie wieder einen Bagel mit gegrillter Pute und Remoulade bestellt. Sie war nie an Marcys Grab gewesen.

Mr Smart & Handsome stürmte aus der unscheinbaren Tür, die zu seinem Büro und denen der Spezialeinheiten führte, sein Gesicht verzerrt in Anspannung; er rannte durch den Terminal in die Richtung, aus der die Explosion gekommen war, Polizisten, Feuerwehrleute und Sanitäter hinter ihm, ein ganzer Trupp. Caren roch die Flammen, eine spitze, ätzende Witterung, verfolgte Bond mit den Augen und sah das Loch in der Glaswand des Terminals, dann das Flugzeug auf seinem Parkplatz, zwei Ausgänge weiter, an der Ecke von Terminal 2, A18, noch nicht angedockt, eigenartig in sich zusammengebrochen, als hätte ein Riese es anheben wollen und dabei in der Mitte zerknickt. Schwarzer Rauch quoll aus dem Rumpf der Maschine, Flugzeugsitze lagen auf dem Rollfeld, Kofferreste, brennende Kleidung im Regen, Blut auf dem Asphalt, schon wieder, jetzt eine riesige Lache – daneben ... ein Bein? –, wo eben noch der Flughafenmitarbeiter unterm Vordach geschlafen hatte. Und am Rand dieses Abgrunds, am zerstörten Fenster, Passagiere mit ihren Handys, die filmten, fotografierten. Ein Erinnerungsfoto, ein Souvenir. Schon kamen die Ambulanzen und Feuerwehrwagen, aus Carens Perspektive erinnerten sie an Spielzeugautos. Auf dem Parkplatz ein haarsträubendes Wirrsal von Passagieren, Sanitätern, Polizisten, umgestürzten Kofferwagen. Ein Tankwagen, der in der Nähe des brennenden Flugzeugs gestanden hatte, raste davon. Zwei Notärzte mit einer Trage rannten an Caren vorbei, darauf ein Mann, in dessen Stirn eine Glasspitze steckte. Jetzt müsste sie ihr Telefon zur Hand nehmen. Sie war dabei. Wieder einmal. Dabei. Natürlich. Sie müsste anrufen. Dan benachrichtigen. Fotos machen wie die Passagiere am Rand des Abgrunds. Caren wusste es. Caren konnte nicht. Caren wollte nicht.

Benommen drehte sie sich zu Wittgenstein. Er war auf seinem Sitz zusammengesackt, das Kinn auf der Brust. Sie umfasste seinen Oberarm. Er reagierte nicht. Sie rüttelte an seinem Arm. Keine Gegenbewegung. Seine wasserblauen Augen geschlossen, die Lippen halb geöffnet. Caren sprang auf und schrie nach einem Arzt, niemand hörte sie, keiner achtete auf sie. Sie trat dem jungen Mann ans Schienbein, der ihr gegenübersaß, seine Kopfhörer in beiden Händen vor sich hielt und entgeistert ins Nichts starrte: Hol einen Sanitäter her, finde einen, irgendwie. Los!

Sie wusste nicht, ob sie in normaler Lautstärke sprach oder schrie, in ihren Ohren klang alles dumpf. Der junge Mann hatte jedenfalls verstanden, stand mit einem Ruck auf und rannte los. Aufgeregt versuchte Caren, sich ihres letzten Erste-Hilfe-Kurses zu erinnern, Pflichtprogramm in der Redaktion.

Helfen Sie mir!, bat sie zwei Männer, die sich an ihr vorbei zum Krater in der Terminalwand drücken wollten. Er muss liegen!

Behutsam manövrierten sie das Schwergewicht Wittgenstein zu dritt auf den Boden, neben den Mann mit der blauen Jogginghose, der sich verschlafen-erschrocken aufgesetzt hatte und am Rücken kratzte. Aufgewacht in einem Albtraum.

Was ihr einfiel: Herzmassage, auch wenn man sich nicht sicher ist, dass es sich um einen Herzanfall oder Herzstillstand handelt. Mindestens hundert Mal pro Minute das Brustbein mindestens fünf Zentimeter tief eindrücken. Keine Mund-zu-Mund-Beatmung, wenn man sie nicht wirklich beherrscht. Nicht den Puls suchen, kostet nur Zeit. Keine Angst, den Patienten zu verletzen. Rippenbrüche können bei einer Herz-Lungen-Wiederbelebung vorkommen und sind definitiv das kleinere Übel. Carens Augen überflogen seinen Körper, suchten nach Verletzungen, nach Blut. Nichts. Sie drückte Wittgensteins Brust. Was hatte der Notfall-Mediziner gesagt, der zur Schulung in der Redaktion gewesen war? Sie sollten sich an ein Lied erinnern. Im Rhythmus des Liedes pumpen. Der Titel des Songs war ihr makaber erschienen. Warum? Sie drückte, drückte, drückte. *Stayin' alive!* war das Lied gewesen.

Wenn Sie nervös sind, denken Sie an John Travolta, hatte der Mediziner gesagt, denken Sie einfach nur an John Travolta und machen Sie um Gottes willen weiter.

Wieso um Gottes willen?, hatte Dan gefragt. Der hat es doch erst so weit kommen lassen!

Dann machen Sie eben *nur* weiter ...

Caren drückte, drückte, drückte. *Stayin' alive*. Sie konzentrierte sich auf Wittgensteins Körper, diese fremde Masse, die vor ihr lag, ignorierte das Schlachtfeld, in das sich die Flughafenhalle verwandelt hatte, achtete nicht auf die Rolltragen mit Verletzten, die eilig durch die Menge geschoben wurden. Nicht auf die Polizisten, die versuchten, für Ruhe und ein Mindestmaß an Ordnung zu sorgen. Nicht auf die Feuerwehrmänner, die in Windeseile jede Ecke, jeden Anschluss, jeden Schaltkasten sowie die Statik am Fenster und seiner Umgebung überprüften. Nicht auf das Bodenpersonal, das Unverletzte in einigermaßen intakte Bereiche, fort von den Durchgängen an separate Orte brachte, an denen sich Seelsorger, später, um sie kümmern konnten. Wie schnell das alles ging, wie plötzlich und prompt sie alle da waren, professionell funktionierten, aber all das nahm Caren nur am Rande wahr. Wittgensteins Augen waren immer noch geschlossen, sein Gesicht fahl, die Gliedmaßen schlaff am Rumpf.

Nicht!, sagte Caren energisch, nicht sterben! Wir sind noch nicht fertig. Wir haben noch nicht mal angefangen. Bitte nicht sterben!

Stayin' alive. Travolta.

Eine Hand an ihrer Schulter.

Lassen Sie mich weitermachen, sagte der Mann in der blauen Jogginghose.

Nein!

Lassen Sie mich weitermachen, wiederholte er bestimmt, ich kümmere mich um Ihren Vater. Ich bin Arzt.

Caren sah erst die Tasche zu seinen Füßen, *Médécins sans frontières*, dann, als er sich bückte, sein Gesicht. Dreitagebart. Verschiedenfarbige Augen, leichter Silberblick, Sonnenbrand auf Nase und Stirn. Er kniete sich neben Wittgenstein, seine Hände übernahmen sofort, seine dunklen Locken zappelten im Rhythmus der Bewegung. Caren rückte beiseite.

Nicht etwas in der Art, nicht schon wieder etwas in der Art, dachte sie, beschwörend, überflüssig, denn es war da, dieses Etwas. In der Art. Sie legte die Hände vors Gesicht. Unwahrscheinlich, dass das eine mit dem anderen nichts zu tun hatte. Entweder war die Bombe von langer Hand geplant gewesen, oder ein begeisterter Nachahmer hatte sich spontan ans Werk gemacht, einer, der mitmischen und ebenfalls in sein widersinniges Paradies wollte. Hatte er oder sie sich in dem Flugzeug in die Luft gesprengt? Eine Bombe ferngezündet? Programmiert in einen Koffer gelegt? Immer dieselbe, ätzende, kranke Frage: Wie wurde man radikal, Selbstmordattentäter, Amokläufer, Fundamentalist, Dschihadist? Wer legte eine Bombe oder sprengte sich in die Luft, wer gab sein Leben für einen diffusen Kampf, für den schemenhaften Hass, der alles und nichts einschloss? Sie erinnerte sich an Solen, die junge Frau, die sie in London für eine Reportage getroffen hatte. Solen, die jahrelang an Magersucht und Bulimie gelitten hatte, mit ihrer Familie nichts mehr anfangen konnte, sich unverstanden fühlte, die sich als Kind muslimischer Eltern als Gefangene zwischen den Welten empfand, nicht hier, nicht dort, Bewohnerin einer Übergangswelt ohne Konturen. Sie wollte in der Schule nicht mithalten, wozu?, suchte einen Sinn, etwas, das bedeutungsvoller, inhaltsreicher erschien als das Leben, das sie hatte. Die Radikalisierung, hatte sie Caren in einem Teesalon am Piccadilly erzählt, sei zügig vonstattengegangen. Sie habe sich abgeschottet und eingemauert, sei nicht mehr ansprechbar gewesen für Freunde und Familie, stattdessen nur noch im Internet, wo sie von anonymen Komplizen schließlich die Antworten erhielt, nach denen sie gesucht hatte. Sinnstiftendes, sagte sie, so schien es mir wenigstens. Es dauerte nicht lange, und sie wollte »nach drüben«, als Ehefrau polygamer Kämpfer, fruchtbare Mutter für Märtyrer, schließlich auserwählte Selbstmordattentäterin, aber da, beim letzten Schritt, habe sich der Zweifel eingeschlichen, leise, unüberhörbar, sie war schwanger, und in einer Schicksalsfügung (reiner Zufall, sagte Solen) habe ihr eine andere Frau die Nummer des Multikulturellen Psychotherapie-Zentrums zugesteckt. Eine Psychologin nahm sich ihrer an, brachte sie zurück nach London, ihre Therapie dauerte an.

Caren kannte die Theorien von Soziologen, Philosophen, Psychologen, Terrorexperten, sie hatte etliche von ihnen interviewt, noch mehr gelesen und in Fachmagazinen ihre Aufsätze verfolgt. Es handele sich bei den Tätern um Menschen, die sich überflüssig fühlten. Verlierer der postdemokratischen Gesellschaft, des ökonomischen Liberalismus, der den politischen Liberalismus abgelöst hatte. Überwiegend junge Leute, die Freiheit und Demokratie als obszönes Spiel verachteten, in dem es um nichts mehr ging, in dem alles käuflich war, sich niemand mehr klar für etwas entschied und sich keiner mehr um sie kümmerte. Um sie, die durchs Raster des ökonomisch Sinnvollen fielen. Labile Menschen, die sich gekränkt fühlten von einer Welt, in der sie keine Rolle spielten, und die die Unschuldigen der Welt treffen wollten – um sich selbst zu entschulden von ihrer Nutzlosigkeit, ihrem ständigen Ringen um die Liebe ihrer Eltern und dem gleichzeitigen Wunsch, sich von ihnen und ihren Werten zu befreien: der verpassten Pubertät, in der die Gesunden, so irre sie sich in dieser Zeit aufführten, tollkühne Idealisten waren und fundamentalistisch an das Absolute glaubten, Liebe, Leidenschaft, Möglichkeiten, Songtexte, während die anderen im Freud'schen Sinne an der Sehnsucht danach erkrankt waren, zu glauben. Am Ende war es Zufall, ob sie Rechtsradikale, Linksextremisten, Profikriminelle oder Dschihadisten wurden: Sie wollten *wissen* und wurden zu Botschaftern eines neuen Nihilismus, hatten den Faden zur religiösen Tradition durchschnitten und waren auf dem Weg zu einer universellen Moral, sie standen vor dem letzten Schlund des sozialen Paktes. Caren kannte all diese Theorien, und doch verstand sie den Todestrieb nicht, das Begehren, zu vernichten, auch sich selbst zu vernichten, die eigene Überflüssigkeit zu bestätigen und zugleich gegen sie zu revoltieren im Selbstmord. Der ultimative Narzissmus als letztes Statement. Natürlich konnte sie es nicht verstehen. Könnte sie es verstehen, wäre sie selbst erkrankt.

Sie musste in der Redaktion anrufen. Sie musste durchgeben, was geschehen war. Aber sie wollte nicht anrufen. Die Anschläge. Die Theorien, die Erklärungsmodelle, die Unwägbarkeit, die letztendliche Unerklärbarkeit, der Irrsinn, die Angst, die Verzweiflung. Sie hatte es so satt, sie war dessen so müde, dass sich nichts von dem einstellen wollte, was sie sonst empfand: nicht der leise Reiz, als Reporterin an etwas Großem dran zu sein, dabei zu sein, nicht der Ehrgeiz, den Lesern ihre Informationen weiterzugeben, nicht das Pflichtgefühl, in einem solchen Moment wach zu sein, konzentriert, präsent. Es hatte keinen Sinn. Es war aussichtslos. Es war dieselbe Geschichte. Eine der Geschichten, von denen Wittgenstein zuvor gesprochen hatte, eine von denen, die man mehr oder weniger kannte. Dieselbe Geschichte, schon wieder, ein weiteres Spektakel, weitere Tote, die für nichts und wieder nichts umgebracht worden waren, weitere Verletzte, die mit nichts von alldem etwas zu schaffen hatten, egal, ob es sich um einen lebensmüden Alleintäter oder um einen verblendeten Neonazi, Linksextremen, Rassisten oder Islamisten handelte. Sie hatten nichts damit zu tun, nicht mit der Verzweiflung des einen oder dem Nihilismus des anderen, nicht mit der Sehnsucht zu glauben, nicht mit der lächerlichen, verpassten Pubertät, nicht mit dem verlorenen Idealismus, mit, verdammt nochmal, nichts davon.

Er ist wieder bei Bewusstsein, sagte der Arzt und blickte sie gutherzig an, er kniete neben Caren, seine rechte Hand, um deren Gelenk mehrere verwaschene Lederarmbänder gebunden waren, an Wittgensteins Puls. Jung war er, vielleicht gerade Mitte dreißig, nicht allzu groß, umsichtig und leger. Sie hatte nicht bemerkt, dass er irgendwann zwischen Aufwachen und Herzmassage ein Sakko über sein gestreiftes Polohemd gezogen hatte und in dieser Kombination von Jogginghose, Polo und grauem Sakko noch unordentlicher wirkte als vorher. Ich kümmere mich darum, dass er umgehend in ein Krankenhaus gebracht wird. Sie können jetzt mit Ihrem Vater sprechen, sagte er.

Caren blickte auf Wittgenstein, der mit aufgerissenen Augen dalag und schwer atmete. Der junge Mann, den sie fortgeschickt hatte, näherte sich bereits mit zwei Sanitätern und einer Trage. Der Arzt stand auf und ging auf sie zu, um mit ihnen zu sprechen. Caren rückte näher an Wittgenstein heran.

Nicht weinen! Er tätschelte ihr Bein und versuchte, die andere Hand zu ihrem Gesicht zu heben.

Ich weine nicht. Das ist nur der Staub. Heute Abend stehen bei Ihnen Austern in Paris auf dem Programm – wahrlich kein Grund zu weinen, antwortete Caren und wischte sich über die Augen.

Die Sanitäter hievten Wittgenstein auf die Trage und legten ihm eine Sauerstoffmaske an. Er deutete auf die Aktentasche.

Das Heft, sagte er durch den Plastikmaulkorb zu Caren. Das Heft!

Wir bringen ihn ins West Middlesex University Hospital, erklärte einer der Sanitäter, während er die Aktentasche von Wittgenstein aus den Händen des Arztes entgegennahm. Die haben eine hervorragende Kardiologie, und Ihr Vater ist stabil genug, um die halbstündige Fahrt gut zu bewältigen. Wir dürfen Sie leider nicht mitnehmen, Sie verstehen ...

Das ist in Ordnung, sagte Caren. Ich komme später nach.

Sollen wir jemanden benachrichtigen?, fragte der Sanitäter.

Wittgenstein schüttelte den Kopf. Dann grinste er Caren verstohlen an: Auf Wiedersehen, meine Tochter.

Sie drückte seine Hand, in der anderen hielt sie sein Cahier fest, winkte ihm damit. Und weinte.

Der Arzt machte sich ohne ein weiteres Wort zu anderen Verletzten auf. Seine Reisetasche ließ er bei ihr. *Médécins sans frontières*. Ein Schild daran. *F. Bonnet, Burkina Faso. Westafrika*. Übersetzt »Das Land des aufrichtigen Menschen«, dachte Caren, setzte sich zurück auf den Platz, an dem sie eben noch neben Wittgenstein gesessen hatte, und schloss die Augen. Sie wollte anderes sehen. Nicht, was um sie war. Es ging nicht. Nicht Wittgenstein im Krankenwagen, den Mann auf der Trage mit dem Glassplitter in der Stirn. Nicht die Attentate der vergangenen Nacht, die eine gespenstische Stille in den Straßen von Paris nach sich ziehen würden. Es ging nicht. Sie wollte nicht, zwang sich, an das andere Paris zu denken. Das frühere. Ihre letzten Schuljahre dort. Abitur. Freunde. Möglichkeiten. Wochenenden bei den Großeltern. Gedankenlosigkeit. Vielleicht hatte Jack Liman beim Grillfest im vergangenen Jahr, als er über die verbleibenden Sommer spekuliert hatte, diese Zeit gemeint – den nicht wiederholbaren Zustand von Möglichkeiten und Gelegenheiten. Spaziergänge durch den Jardin du Luxembourg, wo sie mit Freunden auf den grünen Stühlen am Brunnen gesessen, Eis gegessen und über die Touristen gelacht hatten, die mit Verrenkungen versucht hatten, sich und den Brunnen und den Senat, den Palais du Luxembourg, in Gänze auf ein und dasselbe Bild zu bekommen (unlösbar, sie hätten es ihnen sagen sollen). Sprints durch die Stadt, weil die Métro wieder streikte (zeitgleich mit der Müllabfuhr). Blankgescheuerte Schuhsohlen (schlechtes Pflaster). Hektik (von wegen Romantik). Der Verkehr (bisweilen anarchischer als der italienische oder indische). Der Geruch der Métro (und das Gedudel ambitionierter Musikstudenten in deren echoenden Gängen). Die orangefarbenen Lichter (ja, der Kitsch). Yves fiel ihr ein, ihr erster

Freund, natürlich, Paris, l'amour, Yves also, von ihren Eltern nicht sonderlich gemocht, Assistent eines durchschnittlich begabten Filmregisseurs. Yves, dessen Familie eine zweistöckige Wohnung in Saint Germain bewohnt hatte, die so seltsam geschnitten war, dass ihr bis heute jedes Detail aus dem Appartement deutlich vor Augen stand: die krumme Treppe, die hinauf in den siebten Stock führte, von dem aus man einen pittoresken Blick über das Viertel, die Kirche von Saint Germain, die Kuppel der Sorbonne und am Horizont Montmartre hatte. Die Küche, buchstäblich zwischen Tür und Angel gebaut, am Aufgang der Treppe. Herd und Arbeitsplatte auf der einen, Spülbecken und Kühlschrank auf der anderen Seite. Schwarz gelackte Fronten. Viel zu klein für fünf Bewohner, unmöglich, darin überhaupt vernünftig zu kochen, aber Yves' Eltern bereiteten ohnehin nie Mahlzeiten zu. Bei ihnen gab es Tiefkühlpizzen, Essen vom Chinesen an der Ecke, ab und zu Steak frites von der Brasserie L'Entrecôte am anderen Ende der Straße. Das Wohnzimmer, winzig, mit einem schwarzen Ledersofa, das an Scheußlichkeit kaum zu überbieten gewesen war. Und sie erinnerte sich an den langen Gang mit den vielen Schlafzimmern, deren Wände nur bis zu einem halben Meter unter die Decke reichten, damit Licht in den Flur fiel. Für niemanden gab es Ruhe in dieser offenherzigen Wohnung, jeder hörte, was der andere in seinem Zimmer veranstaltete. Das Liebesleben von Caren und Yves erstickte im Keim. Socken von Yves' kleinem Bruder flogen über die Mauer hinweg durch den Spalt aufs Bett. Seine Schwester rief ihm etwas zu, das keinen Zweifel daran ließ, dass sie sie vom Flur aus belauschte. Seine Mutter telefonierte in der Etage über ihnen, im winzig kleinen Wohnzimmer auf der scheußlichen Ledercouch, und sie verstanden laut und deutlich jedes Wort. Irgendwann hatte Yves die Nase voll und brachte Caren in das neue und bezahlbare Stundenhotel in der Rue Saint Denis 88, in dem er kurz zuvor mit seinem Chef einen zweifelhaften Liebesfilm gedreht hatte. Tatsächlich waren sie ungestört im *Love Hotel*, in dem es unten ein enorm großes Erotikgeschäft, an der Rezeption statt Zimmerschlüsseln Sex-Spielzeug jeglicher Art und im zweiten Stock die zwölf Themenzimmer gab (von *Bollywood Kamasutra* über *Captain's Cabin* bis zur *Glasmenagerie* mit Fenstern zum Zusehen bei den Nachbarn). Sie lachten über das bemühte Licht für suggestive Romantik, wählten *Afrika* als Themenzimmer (was gerade frei war), und das Explizite des Ortes rief in Caren ungekannten sexuellen Enthusiasmus hervor. Zumindest währenddessen. Leider hatte Yves nicht mit dem Zuhälter gerechnet, der ihnen beim Verlassen des Hotels den Weg versperrte, Caren anwerben und nachdrücklich dabehalten wollte. Die Lage eskalierte derart, dass es schließlich zu einem Handgemenge auf dem Bürgersteig kam, in das noch mehrere Passanten verwickelt wurden, bis die Inhaberin des kleinen Supermarkts am Ende der Straße die Polizei rief, und Caren zwei Stunden später von ihrem über die Maßen zornigen Vater auf dem Kommissariat in der Rue du Landy abgeholt wurde. Und irgendwie, Caren wusste nicht, wie, war es danach sehr schnell vorbei gewesen mit Yves. Sie hatten sich ein paar Tage später getrennt, sie konnte sich nicht mehr an den Grund erinnern. Nur, dass es einfach geschehen und nichts zurückgeblieben war, keine Trauer, kein Schmerz. Die Liebe, sofern es sich darum gehandelt hatte, war so lautlos verschwunden, wie Caren sie in Yves, in einem Bistro am Boulevard Raspail, gefunden hatte, und danach hatte sie nie wieder von ihm gehört, was natürlich üblich, zugleich verwunderlich blieb – dass man einem Menschen eine Zeitlang derart nah war und ihn dann von einem auf den anderen Tag nicht mehr in seinem Leben hatte, nicht mehr dort haben wollte, er nicht einmal fehlte.

Während Julien ihr jeden einzelnen Tag fehlte. Die Bedeutungslosigkeit ihrer Begegnung hatte sich zehn Monate lang nicht manifestieren wollen, seither war es anders gewesen mit Ben, sie musste es sich eingestehen, jetzt, wenigstens jetzt. Sie bedauerte nicht mehr, wenn er eines ihrer Treffen absagen musste. Sie erzählte ihm kaum noch etwas von sich, weil sie es nicht mehr wollte, weil es ihr nicht mehr wichtig war. Sie entwand sich ihm, weil sie seine Nähe als zudringlich empfand. Sie hatte die Symptome nicht ernst nehmen wollen, aber natürlich, dachte sie jetzt, natürlich waren sie bedeutsam.

Wie geht es Ihnen?, fragte Bond. Er stand neben Caren, sie hatte ihn nicht kommen sehen. Tränen?

Alles in Ordnung. Mir ist nichts geschehen ... Sie wischte sich übers Gesicht. Wittgenstein hatte einen Herzanfall, nehme ich an. Er ist auf dem Weg ins Krankenhaus. Wie geht es Ihnen?

Bond deutete wortlos auf die zerstörte Flughafenhalle und schüttelte den Kopf. Er sagte: Wir müssen reden, Caren.

Wir? Jetzt?

Ja, wir beide. Unbedingt. Würden Sie bitte mitkommen?

Caren fasste sich. Wieder führte er sie durch das Gedränge

im Terminal in sein Büro, diesmal kam ihr der Weg länger vor. Sein Gang fest, während sich ihre Beine zittrig anfühlten. Sein weißes Hemd verschmutzt, sein Sakko voller Staub, sie merkte es erst, als er sich ihr gegenübersetzte, und sah an sich selbst herunter. Ihre schwarze Hose war von grauen Schleiern überzogen, ihre linke Hand schmutzig.

Ich weiß, warum Sie mit mir sprechen möchten, eröffnete Caren das Gespräch, und es kostete Mühe, aufmerksam und konzentriert zu bleiben. Sie wollen mich bitten, noch nichts an meine Redaktion zu senden. Aber das müssen Sie nicht. Ich hatte es nicht vor. Ich würde sowieso erst mit Ihnen gesprochen haben.

Nein, darum geht es nicht. Daran kann ich im Moment nicht mal denken, wenngleich wir beide natürlich zu einem späteren Zeitpunkt über das hier – er machte eine ausladende, kummervolle Armbewegung – sprechen können. Ich habe eine andere Frage: Kennen Sie einen Benjamin Sachs?

Ja, antwortete Caren irritiert. Natürlich.

Wieso natürlich?

Er ist ..., sie zögerte, er ist mein Freund.

Bond nickte bedächtig. Mir war klar, dass Sie ihn kennen. Ihr Handy ist das einzige, in dessen Adressliste der Name auftaucht. Nun weiß ich, in welchem Verhältnis Sie zueinander stehen. Es ist also eng.

Wie kommen Sie an die Adressliste aus meinem Handy?

Bond lächelte. Ach, Caren. Die haben wir schon eben überprüft, als uns interessiert hat, ob es wirklich keine Verbindung zwischen Ihnen und Ihrem Wittgenstein gibt.

Warum fragen Sie mich nach Ben?

Ich frage, weil *Ben*, er überdehnte den Namen, offenbar

unser anonymer Anrufer ist. Wir schicken gerade Polizisten zu ihm ins Büro.

Caren zog eine Augenbraue hoch und schwieg einen Moment. Dann sagte sie langsam: Das halte ich für ausgeschlossen.

Bond sah sie sehr ruhig an. Wir haben einen Augenzeugen, der gesehen hat, wie er das gestohlene Handy in den Mülleimer im Hyde Park geworfen hat. Der junge Mann ist Sachs hinterhergelaufen, um ihn darauf hinzuweisen, dass er vermutlich in Gedanken war und versehentlich sein Telefon statt etwas anderem in den Papierkorb geworfen hat. Aber Sachs bedankte sich und erklärte, es handele sich um das Spielzeughandy seiner Tochter, das sich nicht mehr reparieren ließe.

Der Ben, den ich kenne, hat keine Tochter, was in diesem Zusammenhang wenig relevant ist, das ist mir klar. Eine Tochter könnte jeder anonyme Anrufer erfinden.

Von da an jedenfalls war es leicht, fuhr Bond fort. Wir haben unserem Augenzeugen die Aufnahmen aus den Überwachungskameras an den Parkausgängen gezeigt und er hat sofort auf Sachs gedeutet. Dann haben wir dem japanischen Touristen, dem das Handy in einem Café geklaut wurde, die Bilder gezeigt, und er erinnerte sich umgehend, dass er Benjamin Sachs heute Vormittag im Café gesehen hat.

Wie gesagt: Ich halte es für ausgeschlossen.

Das sagen die Leute immer. Langweilig.

Caren sah ihn an: Mir leuchtet ein, dass Sie das langweilig finden, Mr Bond, aber es ergibt tatsächlich keinen Sinn. Kann es sich um einen Namensvetter handeln?

Das wäre natürlich möglich, antwortete Bond. Er schob ihr den Ausdruck eines Bildes zu, das offensichtlich von der Überwachungskamera stammte, und ließ Caren nicht aus den Augen. Sie betrachtete es lange, sehr lange. Sie wollte sich kontrollieren, sich nicht verhalten, aber auch diese Reaktion, diesen Blick hatte Bond sicherlich genau so erwartet.

Warum sollte er so etwas tun?, fragte sie also.

Sagen Sie es mir, Caren.

Sie schwieg.

Sie wissen von nichts?

Natürlich weiß ich von nichts.

Ich muss Ihr Telefon beschlagnahmen, bitte entschuldigen Sie, aber Sie könnten in den nächsten zehn Minuten Ihren Lebensgefährten warnen wollen ...

Den klischeebesetzten Satz, dass es sich um ein Missverständnis handeln muss, werfe ich Ihnen jetzt nicht an den Kopf, antwortete Caren. Ihre Hände fühlten sich kalt an. Dann würden wir beide eine Unterhaltung wie aus einem Vorabendkrimi führen, und angesichts der Gesamtsituation, da draußen und hier drinnen, steht mir so wenig der Sinn danach wie Ihnen. Natürlich können Sie mein Telefon haben – Caren schob es über den Tisch zu ihm hin –, aber ich hätte niemanden gewarnt. Ich wüsste nicht, wovor. Vor Ihren Ermittlern? Ich hoffe doch, dass die vernünftig sind und Licht ins Dunkel bringen werden.

Bond nickte dankend und schob das Handy rechts neben sein Telefon.

Caren ..., sagte er dann, die Möglichkeit, dass Sie beide gemeinsame Sache machen und mit einem anonymen Anruf für eine schöne Reportage sorgen, erübrigt sich. Ich kenne Ihre Arbeit. Ich weiß, warum Sie auf dem Weg nach Paris sind. So etwas hätten Sie überhaupt nicht nötig. Also stelle ich Ihnen eine andere Frage: Könnte Sachs irgendein Interesse daran haben, dass *Sie* nicht nach Paris fliegen?

Es entstand ein längeres Schweigen. In Carens Kopf drehte sich alles. Bond drückte auf den Knopf auf seinem Schreibtisch und seine Sekretärin kam herein.

Bitte bringen Sie uns Wasser, sagte er und fügte nach einer kurzen Pause hinzu: Und bitte bringen Sie mir auch gleich ein frisches Hemd mit.

Ben würde niemals ein Flugzeug sprengen. Nein, natürlich nicht, sagte Caren klanglos.

Da sind wir am entscheidenden Punkt ... Bond lehnte sich zurück und legte die Füße auf seinen Schreibtisch. Er sah sehr erschöpft aus. Die Bombe ist in einer anderen Maschine hochgegangen als der, auf die sich der anonyme Anruf bezog. Wenn man schon einen Anruf tätigt, um eine solche Warnung oder Drohung loszuwerden, tut man es in aller Regel nicht für die falsche Maschine, welchen Sinn sollte das ergeben?

Dass alle Kräfte eines Flughafens auf die falsche Maschine gelenkt und von der richtigen abgelenkt werden?

Dann würde man heimlich, still und leise vorgehen, statt den Flughafen in Alarmbereitschaft zu versetzen und zu riskieren, dass im Rahmen der allgemeinen Sicherheitsüberprüfungen auch die anderen Maschinen gecheckt werden.

So, wie es hier geschehen ist?

Sie meinte es ironisch, aber Bond antwortete trocken:

So, wie es hier geschehen ist. Natürlich gibt es zu diesem Zeitpunkt noch keine stichhaltigen Informationen, erst recht keinen Bericht, das Feuer ist ja gerade erst gelöscht und die Rettungskräfte sind eben erst in die Maschine gelangt, aber es scheint sich bei dem Anschlag um ein Selbstmordattentat zu handeln. Die Zeugenaussagen weisen bislang übereinstimmend darauf hin – Verbindungen zu den Attentätern von Paris nicht ausgeschlossen, so klang es bei einigen und es liegt ja geradezu auf der Hand, aber natürlich dürfen wir keine voreiligen Schlüsse ziehen. Wir müssen erst alle Aussagen hören.

Wie viele ... Caren stockte.

Bislang zwanzig Tote. Zwei Stewardessen, die offenbar sehr beherzt eingeschritten sind, alle Passagiere, die in unmittelbarer Nähe waren. Viele Schwerverletzte.

Die Sekretärin, eine vollkommen unauffällige, sprachlose Frau, die es verstand, unsichtbar zu bleiben, selbst wenn sie direkt neben einem stand, brachte eine Flasche Wasser und zwei Gläser mit Eiswürfeln und Zitrone. Ein sauber gefaltetes, weißes Hemd legte sie neben Bonds Füße auf den Schreibtisch. Bond bedankte sich bei ihr und schenkte Caren ein.

Welche Maschine ist es?, fragte sie.

Die aus Istanbul. Gerade gelandet.

Carens Telefon piepste.

Darf ich?, fragte Bond.

Bitte.

Es ist eine Nachricht aus Ihrer Redaktion. Dan Lieberman erkundigt sich, ob Sie wohlauf sind.

Antworten Sie ihm jetzt?, fragte Caren.

Bond sprach laut mit, was er als Antwort für sie schrieb: *Alles okay. Melde mich später* ... Ist das in Ihrem Sinne?

Caren nickte, und Bond drückte auf *Senden*.

Wissen Sie, dass Benjamin Sachs verheiratet ist?, fragte er dann.

Caren brachte keinen klaren Gedanken zustande.

Er hat eine ... Sie suchte nach den richtigen Worten, eine andere Freundin, das weiß ich natürlich. Ich nehme an, Sie meinen sie damit, Adelle?

Nein. Ich meine Jemimah Hollingworth. Und verstehe ich recht, was Sie mir gerade sagen? Ihr Freund hat eine andere Geliebte *und* ist verheiratet?

Nein, das müssen Sie nicht verstehen.

Seine Frau wohnt in Maresfield, East Sussex. Etwa eine Stunde außerhalb. Sie haben eine siebenjährige Tochter. Und es war ganz bestimmt nicht ihr Spielzeughandy, das er in den Mülleimer geworfen hat.

Maresfield, dachte Caren, und es war, als würde etwas tief in ihrem Inneren zerschlagen, in voller Fahrt ausgebremst, schlingern, sich überschlagen, während sie äußerlich keine Regung zu zeigen versuchte, Maresfield, East Sussex.

7

Es gibt Alltägliches, las Caren in Wittgensteins Heft, *dessen wir uns nicht bewusst sind, weil es selbstverständlich ist. Erst wenn es verschwindet, begreifen wir seine fundamentale Bedeutung. Das Erzählen ist ein solches Phänomen – der Mensch ist ein erzählendes Wesen. Wir erleben, sammeln, erzählen Geschichten, sie werden unsere Identität, unsere Welt.* Das hatte Wittgenstein unterstrichen. *Unsere Welt.* Und dann, in einem Kreis: *Die Menschheit als erzählendes Wesen, ein gewaltiger Organismus, der sich erzählend und zuhörend seine Welt erschließt.* In Rot hatte er an die Seite des Kreises geschrieben: *Nichts überwindet kulturelle Grenzen so schnell wie das Erzählen. Eine gute Geschichte wird überall verstanden.* Und dann, wiederum in Rot: *Erzählen ist das Medium der kollektiven Intelligenz.*

Caren versuchte mühevoll, sich auf den Inhalt von Wittgensteins Notizen zu konzentrieren und nicht über das nachzudenken, was sie von Bond erfahren hatte. Sie saß nicht mehr im Terminal. Bond hatte ihr eine Stunde zuvor einen Raum in der Nähe seines Büros zur Verfügung gestellt, einen kargen, fensterlosen Besprechungsraum mit zwei Sesseln, einem kleinen Tisch, nichtssagenden Fotografien an den Wänden (Meer, Wald, eine leere Turnhalle) und einem Konferenztisch für vier Personen. 15.45 Uhr. Selbstredend war es unmöglich, sich in diesem Moment auf Wittgensteins Notizen zu konzentrieren, aber Caren wusste nicht, was sie sonst tun sollte, wünschte sich, die Decke würde herabkommen und alles zudecken. Aber es geschah nicht. Natürlich nicht. Es ließ sich nicht herbeisehnen. Es geschah unerwartet, in Momenten, in denen sie nicht damit rechnete, von denen ihr erst später klar wurde, dass es hatte geschehen müssen. Reduktion. Verengung. Fokussierung. Auf was? Auf die Sprengkraft in ihr selbst? Auf die Erinnerungen, die sie weggelegt hatte? Auf den Panzer, den sie sich umgelegt hatte – damals, als Kind? Flucht auf den Beobachtungsposten, als sei ihr Leben etwas, das sie von außen und sachlich betrachten und lenken konnte, bis Ben kommen und etwas Wahnsinniges tun, einfach verheiratet und vielleicht grundsätzlich ein ganz anderer Mann sein würde als der, den sie in ihm gesehen hatte und hatte sehen wollen. Da war er wieder: Der Traum von ihrer Holzhütte aus Kindertagen, von der plötzlich etliche da gewesen waren, reihenhausartig, und Ben in ihrer Mitte. Ben – nicht als vertrauter Mahner, sondern umgekehrt. Die Vervielfältigung ihres alten Rückzugsortes als Empfehlung zum Argwohn ihm selbst gegenüber. Als Warnung. Erinnere dich! Erinnere dich! Woran? An all seine zwanghaften Rituale, die sie als reine Gewohnheiten abgetan hatte? An all die Momente seiner geistigen Abwesenheit, seines Abdriftens, wenn er sie lange, wirklich sehr lange, beobachtet hatte, nachgerade beängstigend, als wolle er sich jede ihrer Gesten, jeden ihrer Atemzüge einprägen und Caren regelrecht aufsaugen?

Diese langen, schweigsamen Augenblicke, die sie als Stress, Überarbeitung, ja, manchmal sogar als Innigkeit gedeutet hatte? Sieh hin, dachte sie. Auf seine Unfähigkeit zu streiten, jeder Konfrontation aus dem Weg zu gehen und lieber das Thema zu wechseln, als in eine notwendige Auseinandersetzung hineinzugehen, was sie als Harmoniebedürfnis interpretiert hatte. Auf sein höhnisches Lachen über ihre Sicht der Dinge. Sieh endlich hin, dachte sie. Auf seine subtilen Machtspiele, wenn er seine Sachen absichtsvoll in ihrer Wohnung vergaß, um Caren dazu zu bringen, sie genau dort zu belassen, um ihn als Teil ihres Lebens, als Bestandteil *ihrer* Lebensordnung immer vor Augen zu haben. Es hatte alles vor ihr gestanden. Immer. Aber sie hatte die Wirrsal seines Innersten nicht sehen wollen, diese kolossale Unordnung, die so unbedingt einer akkuraten äußeren Ordnung bedurft hatte, der Struktur seines Alltags, der festen Tage, der Wiederholungen.

Die Kargheit des Zimmers verstörte sie, und das Wissen, dass nur ein paar Meter von ihr entfernt immer noch schwer verletzte Menschen aus der Istanbul-Maschine geborgen wurden, dass Wittgenstein nun in der Kardiologie irgendeines Krankenhauses angekommen sein musste und behandelt wurde, dass in diesem Moment vermutlich dunkel gekleidete Einsatztruppen in Bens Büro marschierten – ein Büro in der Londoner City, das sie nicht kannte, von dem sie nur wusste, wo es lag –, er wahrscheinlich seine Frau anrufen würde, Jemimah, um ihr zu sagen, sie möge sofort den Rechtsanwalt kontaktieren, all das fühlte sich nicht nach ihrem Leben an, das gehörte zu jemand anderem, das war fälschlicherweise bei ihr gelandet. Es war undenkbar. Ben würde keinem Flughafen anonym drohen, schon gar nicht hatte er irgendetwas mit einem Bombenanschlag zu tun.

Bonds Frage hallte in ihr nach. Sie wusste um keinen Grund, aus dem Ben sie von ihrer Reise nach Paris hätte abhalten wollen. Er hatte nichts dazu gesagt, im Gegenteil. In dem Moment, da er die Nachrichten des Vorabends gesehen hatte, hatte er ihren Anruf erwartet, gewusst, dass sie würde abreisen müssen, und ihr die Ankündigung geradezu aus dem Mund genommen. Wenn er etwas dagegen gehabt hätte – aus welchem Grund auch immer: Sorge, Angst, Müdigkeit ob ihrer häufigen Abwesenheit –, hätte er es formuliert, wie Ben Dinge formulierte: sachlich, geradewegs, auf den Punkt. Sie hätten nicht gestritten, natürlich nicht, doch wäre er mit treffsicheren Worten losgeworden, was er hätte loswerden wollen. Aber er hätte keinen anonymen Anruf getätigt, damit sie in London am Flughafen festsitzen würde. Es ergab keinen Sinn. Es musste eine denkbar einfache Erklärung geben. Am wahrscheinlichsten die, dass Ben nur zufällig um diese Zeit im Hyde Park spazieren gegangen, von den Überwachungskameras aufgenommen und schließlich von dem Augenzeugen mit dem anonymen Anrufer verwechselt worden war. Sie wusste nicht, ob er gelegentlich im Hyde Park oder sonst wo spazieren ging. Fünf gemeinsame Jahre, und sie wusste etwas derart Simples nicht. Ob es ein Stammcafé gab, in dem er seinen Kaffee zu trinken pflegte. In welcher Reinigung er seine Hemden waschen und bügeln ließ – er war sehr sorgsam mit seiner Kleidung. In welchem Supermarkt er was genau für sich einkaufte. Er hasste es, fiel ihr ein, wenn sie mit ihrer Gabel in das Essen auf seinem Teller pickte. Wie er, verdammt nochmal, zu einer Ehefrau und einer siebenjährigen Tochter kam. Offenheit und Transparenz. Sein Credo. Es hatte doch, insbesondere bei ihrem Abkommen, nie eine Schwierigkeit dargestellt, über ungewöhnliche Konstellationen, Bedürfnisse, Wünsche zu sprechen. Aber es gab sie beide. Ehefrau und Tochter. Bond, davon war sie überzeugt, hätte sie nicht erwähnt, wäre er sich nicht absolut sicher gewesen.

Frag Vater, hörte sie in diesem Moment die Stimme ihrer Mutter. Frag Vater. Als könnte der etwas Vernünftiges dazu beitragen. Er, der Ben nicht ausstehen konnte, ihm von Anfang an skeptisch begegnet war, was ihre Mutter an seiner Liebe zum Nesthäkchen festgemacht und Ben schlicht für Rassismus, für eine dieser bodenlos bourgeoisen Unverschämtheiten gehalten hatte, die ihm, wie er sagte, jeden Tag begegneten. Ihr Vater hatte Ben mit diplomatischeren Worten *verschlagen* genannt, ohne es festmachen oder genauer benennen zu wollen (er wusste so wenig wie der Rest ihrer Familie von Carens und Bens Arrangement mit Adelle), aber Ben hatte seine Ablehnung sofort gespürt und amüsiert einem verkappten Antisemitismus zugerechnet, was wiederum Caren nur in Maßen komisch gefunden hatte. Ihr Vater war vieles, aber definitiv kein Rassist, verkappt oder offen. Und ihre Kindheit war vieles gewesen – unstet, voller Veränderungen, voller Herausforderungen, voller Hänseleien –, aber doch auch geborgen und sicher. Machte sie das eitel? Verstellte das ihren Blick auf die Rückseite der Medaille, auf das wahre Leben, in das sie an diesem Tag geschleudert wurde, das sie zum ersten Mal wahrnahm als das, was es war: Strom, über Land geführt, getragen von stählernen Meilern auf Wiesen und Feldern, verkabelt, rasende Voltzahlen durch ummantelte Nervenbahnen, zielgerichtet, um sich schließlich zu versprühen, zu verteilen, unsichtbar, kraftvoll, aufzugehen in Abertausenden Lichtern und Tätigkeiten und Gedanken und Klängen. Geleitet, um sie zu erschüttern.

Sie blätterte wieder in Wittgensteins Cahier. Nicht nachdenken. Nicht spekulieren.

Roland Barthes, hatte er notiert, daneben: *Tod des Autors.* Darunter stand: *Für Barthes ist der Autor einer, der zusammenschreibt, was schon da gewesen ist, der verschiedene Schreibweisen vereint. Der Text ist nicht allein in seinem Sinne zu verstehen, sondern in seiner Bedeutung abhängig vom Leser.*

Ja, natürlich, dachte sie. Offensichtlich. Warum hatte Wittgenstein das notiert? Als Ausschlusskriterium? Wenn ja, hatte er damit recht: Sehr wahrscheinlich machten Leser oder Zuhörer eine unerzählte Geschichte schlicht unmöglich. Sie würden selbstverständlich versuchen, die Geschichte einzuordnen, zu sortieren, Bezüge herzustellen, einen Kontext, eine Schublade für sie zu finden. Und wenn die unerzählte Geschichte die Möglichkeiten dieser Bezugnahme und Einordnung sprengen würde, sähen die Leser wohl keine Geschichte mehr darin, sondern Unsinn, Dada, Aberwitz, den verzweifelten Versuch, *anders* zu sein, anders zu schreiben ... Dann wäre das, überlegte Caren, was sie einmal gewollt hatte, was sie sich als Kind für ihren Beruf gewünscht hatte, ein Irrglaube, naiv, etwas per definitionem Unmögliches, dem es – weil allein durch Verneinung und Ausschluss bestimmt – an einer konstruktiven Grundlage fehlte, an Boden mangelte. Und sie hatte einmal geglaubt, unendlich viele unterschiedliche Geschichten schreiben zu können, ein grenzenloses Feld an Themen bearbeiten, nie Dagewesenes zu Papier bringen zu können! Tatsächlich war es nicht anders, als Wittgenstein es Stunden zuvor beschrieben hatte: Alles war schon da gewesen. Mehr oder weniger. Caren klappte das Heft zu. Das war keine befriedigende Antwort. Es gab an diesem Tag überhaupt keine befriedigenden Antworten. Für nichts.

Fehlte nur noch, dachte sie, dass jetzt, da ihr Telefon auf Bonds Schreibtisch lag, eine bestenfalls nicht ganz so unbefriedigende Antwort von Julien eintreffen würde, die Mr Smart & Handsome zu weiteren Fragen animierte. Wer ist Julien? In welchem Verhältnis stehen Sie zueinander?

Sie stellte sich die Unterhaltung vor.

Julien, Mr Bond? Nur ein Freund. Ein Kollege.

Dafür ist es aber eine sehr liebevolle und besorgte Nachricht ...

Möglicherweise sind Sie sachlicher. Aber wenn ich weiß, dass jemand, den ich gut kenne, in dem Augenblick an eben dem Flughafen sitzt, an dem eine Bombe hochgeht, würde ich ebenso schreiben. Liebevoll und besorgt.

Schön, Caren, Sie haben also eine Beziehung mit einem Mann, der eine weitere Freundin und darüber hinaus eine Ehefrau und Tochter hat. Und dazu unterhalten Sie eine liebevolle Freundschaft zu einem Kollegen in Frankreich. Noch etwas oder besser: *jemand*, von dem ich wissen sollte?

Nein. Niemand, würde sie entgegnen. Es gibt nichts sonst, das Sie wissen müssen, und auch das bisher Gesagte müssten Sie gar nicht wissen. *Eigentlich.*

Sie hatte nicht wahrgenommen, dass Bond die Tür geöffnet hatte, wusste nicht, wie viel Zeit vergangen war, seit sie in diesen Raum eingetreten war. Bond stand wie angewurzelt im Rahmen der Tür und sah sie lange an.

Mr Sachs ist hier, sagte er. Caren sah aus der anderen Ecke des Raumes zu ihm hin. Und ich sage es Ihnen lieber gleich, fuhr er fort, er streitet nichts ab. Er hat sofort eingeräumt, den Anruf getätigt zu haben. Er möchte Sie sprechen.

Caren legte eine Hand vor ihren Mund.

Möchten Sie mit ihm sprechen?

Natürlich, antwortete sie. Sie wusste, dass es kein Entgegenkommen von Bond war, sondern dass er hoffte, mehr Informationen zu erhalten.

Sie stand auf, und Bond führte sie durch den betriebsamen Flur, in dem Polizisten und Mitarbeiter aus seinem Stab mit Papieren, Funkgeräten und Telefonen umherliefen. Kein Lärm, keine Gespräche, nur das Surren der Funkgeräte und in Telefonhörer gemurmelte Worte, nichts von dem Krach und der Unruhe im Terminal. Vor der Tür zu dem Raum am Ende des Gangs blieb Bond kurz stehen und sah Caren an. Sie nickte. Er öffnete die Tür. Alles wie im Film: Ein Raum, wie man ihn sich vorstellte. Grau, leer, möbliert nur mit einem Tisch und vier Stühlen. Ein Polizist stand mit stoischem Blick in der Ecke neben der Tür, als hätte man ihn vergessen und nun sei er gar nicht da. Ben saß am Tisch. Darauf ein Glas, eine Karaffe Wasser und ein Mikrofon. An der rechten Wand ein verspiegeltes Fenster, hinter dem die Zuhörer, zu denen Bond zweifellos gehörte, bequem und ungesehen sitzen konnten.

Ben trug seinen dunkelgrauen Nadelstreifenanzug, ein weißes Hemd und eine dunkelrote Krawatte. Seinen Mantel, den hellgrauen Straßenmantel mit dem Samtkragen, hatte er ausgezogen und hinter sich über die Stuhllehne gehängt. Sein Gesicht zeigte nichts. Er sah kurz auf, als Caren den Raum betrat, seine dunklen, bedachtsamen Augen nur einen Moment auf ihre gerichtet, dann wandte er sich wieder einem seiner Manschettenknöpfe zu, drehte ihn, als gäbe es eine richtige Richtung für den runden Silberknopf. Seine Hand war verkrampft, sein Blick auf den Ärmel und den Tisch gerichtet. Caren setzte sich ihm gegenüber. Sie war auf einmal so ruhevoll wie lange nicht mehr.

Vor einem Jahr, sagte sie leise zu ihm, vor einem Jahr ist ein junger Mann zu einem Jahr Haft verurteilt worden, weil er von der Tankstelle aus, in der er arbeitete, einen anonymen Drohanruf an den benachbarten Flughafen gerichtet hat. Man ist ihm drei Wochen später auf die Spur gekommen, hat das gestohlene Handy, mit dem er angerufen hatte, bei einer Hausdurchsuchung in seiner Wohnung gefunden; über das Motiv ist bis heute nichts bekannt. Der Mann hat nie etwas dazu ausgesagt. Ben – warum hast du …

Ich wollte nicht, dass du fliegst.

Caren schwieg.

Ich wollte nicht, dass du nach Paris fliegst und Julien Bourlanges wiedersiehst, deinen französischen Schnulzenfotografen, den du zweifellos getroffen hättest. Wie du siehst, erinnere ich mich sehr wohl an seinen Namen, ich habe ihn mir schon in dem Moment gemerkt, als ich deinen Artikel über das Attentat auf *Charlie Hebdo* gelesen habe und du mir nicht geantwortet hast, als ich vorgab, mich an seinen Namen nicht zu erinnern. In diesem Moment wusste ich es, da brauchte es deine Abwesenheit, dein Schweigen und die Abweisungen nicht. Ich wusste es. Und ich hatte in den Wochen danach viel Zeit, alles über ihn in Erfahrung zu bringen.

Caren lehnte sich zurück und atmete tief.

Ich habe ihm übrigens eine Nachricht zukommen lassen. Kurz nachdem du aus Paris zurückgekommen bist. Zwei Tage später.

Was für eine Nachricht?

Dass er davon absehen soll, dich wiederzusehen oder zu kontaktieren.

Ebenfalls anonym?

Ben antwortete nicht.

Es war kein Schmerz. Es war eine Schlucht, die sich unvermittelt auftat, unüberbrückbar, an ihren Rändern bröckelte Gestein und fiel in die bodenlose Tiefe in ihr; Caren verschränkte die Arme, zittrig, sie wusste nicht mehr, mit wem sie es zu tun hatte.

Der Einsatzleiter hier am Flughafen hat mir erzählt, dass du verheiratet bist. Dass du eine Tochter hast, sagte sie.

Das ist richtig.

Sie setzte sich auf und legte die Hände auf den Tisch. Weiße Flecken, dachte sie, weiße Flecken auf meiner Landkarte, unbekanntes Terrain. Ben, könntest du mich bitte ansehen? Was ist passiert? Wer bist du?

Er schüttelte trotzig wie ein Kind den Kopf. Jemand, den du nicht kennst, weil es dich nie wirklich interessiert hat. Du lebst für deine Arbeit. Du willst den ständigen Nervenkitzel – hier ein Anschlag, da eine Katastrophe, dazwischen mal ein bisschen Ben und Ablenkung. Während ich ... Ich hätte Jemimah und Adelle für dich verlassen, sofort, genau genommen hatte ich Jemimah damals schon verlassen, aber natürlich sehen wir uns noch regelmäßig, schon wegen des Kindes. Doch du fandest die Regelung ja ganz wunderbar.

Ich wusste nichts von deiner Frau.

Hätte das für dich in deinem grenzenlosen Liberalismus einen Unterschied gemacht? Ob ich eine Freundin oder auch noch eine Ehefrau neben dir habe? Ob du vielleicht mit noch einer anderen Frau Termine koordinieren musst, was ich übrigens so pervers finde, dass mir die Worte fehlen? Ich war unglücklich mit Jemimah, wir haben früh geheiratet, zu früh, sie war abhängig von mir, ist es noch, ich traf Adelle, es war nur eine Geschichte, irgendeine Geschichte, sie war auch verheiratet und ist es noch, und ich dachte, gut, irgendwann, wenn mir die richtige Frau über den Weg läuft, mache ich reinen Tisch. Anderthalb Jahre später stehst du vor mir.

Und du erzählst mir, dass du eine Freundin hast.

In der Hoffnung, dass du mir sofort mitteilst, dass es entweder ganz oder gar nicht sein soll. Dass ich mich entscheiden soll. Das wollte ich hören. Meine Ehe wäre doch, so nahm ich wenigstens an, ein noch viel größeres Hindernis für dich gewesen, dich ganz auf mich einzulassen. Ich wollte ein klares Bekenntnis von dir hören, aber du hast das gar nicht begriffen, du hast von Unabhängigkeit und Freiheit geredet, hast dir Gedanken über die Vereinbarkeit von verschiedenen Lieben gemacht, mir wurde schlecht, während ich dir zuhörte, aber was hätte ich sagen sollen – nimm mich ganz oder lass es? Du hättest es vermutlich gelassen, und das wollte ich nicht, also habe ich mir den ganzen Scheiß angehört, den du da erzählt hast, während du nie begreifen wolltest, worum es mir ging.

Caren hatte es in der Tat nicht begriffen. Im Gegenteil. Sie hatte jedes Wort, das sie in all den Jahren miteinander gewechselt hatten, anders verstanden. Es war ein solcher Irrtum, dass sie kaum ertragen konnte, Ben überhaupt zuzuhören. Es war, sagte sie später zu Bond, obwohl sie sicher war, dass er alles mit angehört hatte, ein Gespräch, wie sie es niemals für möglich gehalten und das ihr den Boden unter den Füßen fortgezogen hatte.

Bond war taktvoll genug, nicht darauf einzugehen. Er erklärte Caren, dass man zweifellos einen Psychologen hinzuziehen müsse, er habe ebenfalls den Eindruck gewonnen, dass man es im Fall von Mr Sachs mit einer nicht unerheblichen psychischen Erkrankung zu tun habe, und sie hatte nur noch genickt, denn nichts von dem, was Ben erklärt, was er ihr vorgeworfen, was er zu seiner Entschuldigung, sofern man davon sprechen konnte, dargelegt hatte, hatte sie auch nur ansatzweise verstehen können. Seine Worte hatten sie zerrissen. Natürlich. Ihr Faible für Außenseiter. Ihr störrischer Wille, in jedem etwas anderes zu sehen als alle anderen. DAS EITLE PROBLEM DER INDIVIDUALITÄT. Sie hatte es so haben wollen. Sie hatte anders sein, es anders haben, anders sehen wollen. *Butterbirne! Butterbirne!* Sie selbst hatte sich den Blick auf das Offensichtliche verstellt. Jedes Wort, das Ben ihr an den Kopf geworfen hatte – sie hätte es vorher wissen können, erkennen müssen, wenn sie nur hingesehen hätte. Ungepanzert. Uneitel. Dass er seine Ehefrau anfangs nicht erwähnt hatte, sondern nur Adelle, hatte er also für strategisch günstiger gehalten – er habe Caren nicht verschrecken, sondern ganz für sich gewinnen wollen. Soso. Daher überhaupt dieser Anflug von Ehrlichkeit. Um zu sehen, wie ernst sie es mit ihm meinte. Und dann sei es zu spät gewesen, Jemimah noch ins Feld zu führen, hatte er behauptet, zu spät, als Caren sich mit der Dreierregelung einverstanden erklärte. Das allein habe ihn so schockiert, dass er Adelle sicherheitshalber – weil er nicht für möglich gehalten hatte, dass Caren diese Verhältnisse lange durchhalten würde – nicht verlassen habe, natürlich auch nicht sie, Caren, denn er sei verrückt nach ihr gewesen. Sei es immer noch. Und das Kind, ja, das sei eben da gewesen, er habe es nicht gewollt, aber es gebe die kleine Chloé nun einmal, und er habe seiner Frau gesagt, dass er befördert worden sei, was stimmte, und er noch mehr reisen müsse, was nicht stimmte, damit er nicht dauernd zu Hause, in diesem Kaff sitzen und seine Tochter in den Armen halten, mit ihr spielen und mit seinen Eltern Kaffee trinken musste, sondern in seiner Wohnung in der Stadt und mit ihr, Caren, zusammen sein konnte an diesen idiotischen zwei oder auch mal drei Tagen, die sie festgelegt hatte. Nicht er. Sie wollte diese Tage und ansonsten ihr Leben. Als gäbe es ihn gar nicht. Als spielte seine Liebe keine Rolle für sie.

Er redete sich zunehmend in Rage, während er äußerlich vollkommen ruhig blieb. Er erschien ihr geistesgegenwärtig und fahrig entrückt zugleich, es war gespenstisch. Den anonymen Anruf schilderte er als spontanen Einfall. Er sei ihm gekommen, als er im Café saß und plötzlich wütend geworden sei, überall die Zeitungen und die Fernseher voll mit den Ereignissen in Paris, diese verdammten Attentate und dass Caren andauernd darin herumstocherte, dem Wahnsinn geradezu hinterherlief, während sie auf den anderen Wahnsinn, die Geschichte seiner Familie, den Holocaust, das Wiederaufkeimen des Antisemitismus keinen Gedanken verschwende. Er habe es nicht mehr ertragen, wie sie sich abgeklärt und unterkühlt am Terror weide, damit ihr Geld verdiene, unerträglich naive, idealistische Theorien über die Politik und ihre Notwendigkeiten von sich gebe, statt zu erkennen, dass sowieso alles den Bach runterging, dass man nicht mehr über sie schreiben, sondern sie alle umbringen müsse, die Irren, die Attentäter, die Verdächtigen, die Antisemiten, all die, die wieder und wieder Leid brächten und denen dann mit einem falsch verstandenen Liberalismus, einem beschissenen Liberalismus so falsch wie Carens, begegnet würde, anstatt die Wahnsinnigen alle abzuknallen mit ihren eigenen Kalaschnikows. Was sie eigentlich glaube, was sie da mache? Die Welt aufklären? Wichtige Informationen verbreiten? Für Nachdenklichkeit sorgen – wirkliche Nachdenklichkeit? Und dann die rührseligen Geschichten in ihrem Feuilleton, die sie auch noch las und aufbewahrte. Geistlose, zu Bedeutung hochgepeitschte Geschichten über irgendwelche Rapper, die Gefühle und schwachsinnige Gedanken, sofern sie überhaupt denken konnten (was er stark bezweifelte), zusammenfaselten und den besorgten Bürgern aus der Seele sängen. Rechts- oder linksradikales Zeug, das würden sie nicht einmal merken, sich ihr eklektisches Weltbild zusammenreimen aus Flugblättern, sozialen Medien und eskapistischem Sektengefasel, ja, die Welt gehe unter, Ängste schüren, der Dummheit waren keine Grenzen gesetzt. Ein Gepansche aus allem, diese panische, in vorauseilendem Gehorsam geträllerte Angst vor Xenophobie, die Fremdenfeindlichkeit überhaupt erst salonfähig machte. Und von da aus sei er an diesem Morgen im Café dann wieder in Gedanken bei Julien Bourlanges gelandet, von dem er Fotos zu einer solchen Reportage über französische Vorstadtrapper gesehen habe, übrigens mit der blödsinnigen Überschrift *Was ist frei, was kommerziell?*, auf Carens Schreibtisch. Und wieder war ihm klar geworden, dass ihre zunehmende Abwesenheit, ihre Distanz, ihr plötzlich romantisierendes Weltbild – Stichwort: Was ist frei, was kommerziell? –, ihr Aufbewahren seiner Fotoreportagen ihm nicht deutlicher habe zeigen können, dass da mehr zwischen Julien Bourlanges und ihr war als ein kollegiales Verhältnis. Und da sei ihm die Idee gekommen, ihr ihren Wahnsinn gleich vor die Haustür zu liefern. Sie erst gar nicht nach Paris fliegen zu lassen, sondern gleich auf dem Londoner Flughafen ein bisschen Unordnung zu schaffen. Wer, hatte er geschlossen, wer konnte denn ahnen, dass es heute wirklich eine scheiß Bombe auf diesem scheiß Flughafen gibt? Es war ein blöder Zufall.

Das vollkommene Missverständnis. Der Irrglaube – welch Naivität! –, dass Ehrlichkeit doch möglich war. Fatal. Was für ein Trugschluss. Was für eine kolossale Verkennung der Wirklichkeit. Eine Dreierbeziehung, die nie eine gewesen war. Eine Rolle, in die sie hineingewachsen und die nichts als Scharade gewesen war, eine Versuchsanordnung für ihn, den mühelosen, besonnenen Blender, eingenommen von sich, seiner Selbstsucht, seinem Konstrukt. Die Wahrheit eine Zumutung. Immer. Was hatte sie alles in ihm gesehen, in ihm sehen wollen, in ihm gesucht! Und die Wahrheit doch nie gefunden, obwohl sie so genau, hatte Caren wenigstens geglaubt, so achtsam hingesehen hatte. Sie erinnerte sich an den Moment ihres Kennenlernens, so, wie man an jedem Ende den Anfang vor Augen hat, wiederfindet, was man Jahre, Jahrzehnte nicht mehr gesehen hat, diese zarte Zurückgenommenheit, das Tasten, das Abfühlen möglicher Verbindungslinien. Sie sah ihn neben sich sitzen während dieser Dinnerparty bei Bekannten, die sie längst nicht mehr hatten; Menschen, die sie einmal gekannt und die wieder ausgeflogen waren aus ihrem Leben, erinnerte sich an ihre anfängliche Skepsis ihm gegenüber. Langweiler, hatte sie gedacht, bis sie sich in einer Unterhaltung über Sprichwörter wiedergefunden hatte – ein Bart macht noch keinen Philosophen –, und Ben hatte von den Makedoniern erzählt, die in den griechischen Staaten die Bartmode verändert und die Rasur populär gemacht hatten, bis nur noch Philosophen Bärte trugen, was sich bis ins alte Rom hinein gehalten hatte. Und dort, ja dort hatte eben der Bettler mit Bart am Straßenrand gesessen und Herodes Atticus um eine Gabe gebeten, er sei schließlich nicht nur Bettler, auch Philosoph, trage einen Bart, worauf Herodes den berühmten Satz gesprochen hatte. Das brachte Ben und sie auf andere Redensarten – die vielen Köche und ihr Brei, die Schwalben und der Sommer, Hochmut und Fall –, sie sprachen über die Wahrheit in diesen althergebrachten Sätzen, wo man sie finden konnte, die Wahrheit, bis ihr Ben am Ende des Abends nicht mehr langweilig erschienen war, sondern unterhaltsam, geistreich, amüsant, begehrenswert. Sie sah sich mit ihm durch die nächtlichen Straßen Londons gehen an diesem Abend, es regnete, es war kalt, er bot ihr seinen Mantel an, rief ein Taxi, während sie unter dem Vordach eines Hotels wartete, und dann saßen sie im Wagen, die Scheiben beschlagen, und er sagte, dass er sie wiedersehen wolle, am liebsten gleich, also jetzt, sie solle am besten gar nicht wieder gehen, er könne nicht fassen, dass er sie gefunden habe. Und nun, am Ende, also dieser Satz: Wer konnte denn ahnen, dass es heute wirklich eine scheiß Bombe auf diesem scheiß Flughafen gibt? Es war ein blöder Zufall.

Caren war aufgestanden, zur Tür gegangen, wortlos an Bond vorbei zurück in das Zimmer, das er ihr zugewiesen hatte, und dort hatte sie sich bestürzt, erschöpft in den Sessel gesetzt. Restlos leer. Sie verharrte ohne jedes Zeitgefühl, starrte auf die kahle Wand, auf Wittgensteins Cahier, wieder die Wand. Den Fußboden. Ihre Hände. Die Wand. Schloss die Augen. Ihr ganzer Körper eine einzige Erschütterung. Schrecken, der in Wellen durch sie hindurchging, unaufhörlich. Eigenartig, dass sie sehenden Auges in den Schmerz gegangen war, nicht verzichtet hatte, sondern am Anfang ihrer Geschichte mit Ben ihr Abkommen mit diesem Schmerz gemacht hatte, ahnend und ignorierend, dass es kein gutes Ende nehmen konnte – diese Dreierkonstellation, dieses Arrangement, die fehlenden Bausteine eines gemeinsamen Alltags, die Unwissenheit über ihn, über sein Leben, darüber, wer er war – jenseits der Dienstage, Donnerstage und (zumindest jede dritte Woche) Samstage. Die Lückenhaftigkeit der Liebe. Es war kein Hadern. Stattdessen eine stille, quälende Akzeptanz, dass dieser Schmerz verdient war, zu erwarten gestanden hatte, all die Zeit, dass sie sich ihm lediglich entzogen, immer wieder entwunden hatte in der Verweigerung, wirklich hinzusehen, die sinkenden Zimmerdecken überhaupt verstehen zu wollen. Und wer war sie jetzt? Wer war er? Alles sicher Geglaubte zerronnen. Erinnerungen, so viele. Das, was am Ende blieb nach der Zeit des Aufruhrs. Diese kalte Gewissheit, dass der Weg von Beginn an vorgezeichneten Regeln gefolgt war, seine Kurven und Abzweigungen, ihr Arrangement, ihre Vereinbarungen, ihre Unternehmungen, in Wirklichkeit keine gewesen waren, Illusionen nur, mit denen sie sich Freiheit und Optionen herbeigeredet hatte, die es nie gegeben hatte. *Eigentlich*.

Trotz des Aufruhrs, der in ihr tobte, spürte Caren zum ersten Mal seit Monaten eine vollkommene Geräuschlosigkeit in sich, das Wissen, dass es vorbei war, dass sie nicht mehr suchen musste, auch in Ben nichts mehr suchen musste, und dass die Decke nicht mehr herabkommen würde. Dieser Schmerz, den sie jetzt empfand, ein leiser, ziehender, so unausweichlich wie das Glück zu Beginn. Nur dass er größer war als erwartet, denn ja: Insgeheim hatte sie ihn erwartet, all die Jahre, all die Monate mit herabkommenden Decken. Da waren sie: Fokussierung, Reduktion. Der Schmerz größer selbst als die Seligkeit des Anfangs. Der Verlust benennbar, nun, da sie Ben kannte und Jahre und Erinnerungen zwischen dem Anfang und diesem Ende lagen, bezifferbar im Gewicht von Lügen und Betrug und Liebe, die es gewesen war, trotz allem. Am Ende, sagten die Leute, erinnerte man sich des Anfangs. Sterbende sahen ihre Kindheit. Liebende den ersten Kuss. Diesen Moment, in dem man sehenden Auges in den Schmerz ging und sein

Abkommen mit ihm machte: Gib mir das Glück, eine Weile nur, ein paar Jahre vielleicht, lass es mich stehlen, lass es mich glauben, wie ich es mir erdacht habe, lass es mich notfalls teilen mit einer anderen, es gehört mir nicht wirklich, ich weiß, aber gib es mir – kurz –, dafür nehme ich dich in Kauf, Schmerz, auf unbestimmte Zeit, ich weiß. Eine Zeit, die länger währen wird, als es das Glück tat. Das ist mein Handel mit dir. Nenn ihn Leben.

Bond stellte ihr einen Wagen zur Verfügung. Nach einem solchen Tag, meinte er, solle sie nicht mehr selbst fahren. Er gab feierlich ihr Telefon zurück und bemerkte dazu: Etwa zwanzig hysterische Nachrichten von Ihrem Boss und eine – Sie erlauben, dass ich das sage – ausgesprochen nette von Julien. Und auf ihrem Weg nach draußen, wo es inzwischen dunkel war und immer noch regnete, lief Bond ihr nach.

Ich weiß, sagte er atemlos, als er sie erreicht hatte, ich weiß, Sie werden mit dieser Information richtig umgehen: Er hat drei verschiedene Pässe. Wittgenstein ... Sie wollten doch seinen Namen wissen ... Er hat verschiedene Pässe und Namen und Nationalitäten. Wir haben es festgestellt, als er heute Mittag durch die Datenbank lief und abgeglichen wurde. Keine Vorstrafen, nichts Verdächtiges. Nur drei Pässe. Welcher der richtige ist? Keine Ahnung. Wir wollten ihn uns vornehmen, aber dann ...

Vor der Tür an den Parkbuchten stand Elaine, die Handleserin, mit bleichem Gesicht, abwesend, wartete augenscheinlich darauf, von jemandem abgeholt zu werden. Caren drückte ihr zum Abschied die Hand, worauf Elaine sie an sich zog und fest umarmte. Was für ein Tag, murmelte sie, was für ein verdammter Tag ... Und hey, ich hoffe, das war jetzt Ihre letzte brenzlige Situation!

Felder, Zäune, Höfe rechts und links, eine fließende Nahtlosigkeit, die Fahrt nach Middlesex wie eine beleuchtete Landpartie. So, dachte Caren, wie es nur in England möglich war; nirgendwo, sie konnte sich nicht erinnern, wer das im 19. Jahrhundert geschrieben hatte, waren die Wiesen grüner als in England. Sogar im November. Der Flughafen weit hinter ihr, es kam ihr vor, als lägen Tage zwischen ihm und ihr, als wäre das alles vor langer Zeit passiert. Der Fahrer versuchte sie in ein Gespräch über den verklingenden Tag zu verwickeln, wozu Brad Mehldau sinnigerweise *Day is done* spielte; er erklärte ihr, dass er es noch nie erlebt habe, dass Mr Bond seinen Wagen – in diesem Moment erst verstand sie, dass es sein privates Auto und offenbar auch seine Musik im CD-Player war – einem Passagier zur Verfügung gestellt hätte, sie müsse etwas Besonderes sein, andererseits sei der Tag natürlich sehr schlimm gewesen, und man würde niemandem wünschen, der dabei war, jetzt mit dem Heathrow Express und schlotternden Knien zurück nach Hause fahren zu müssen, sofern der- oder diejenige nicht sowieso direkt in einen anderen Flieger gestiegen und auf eine Insel – eine andere Insel natürlich, meinte er und lachte –, eine irgendwo in der Südsee, geflogen sei, wo höchstens ein Tsunami oder eine herabfallende Kokosnuss zu befürchten seien statt irgendwelche wahnsinnigen Terroristen. Man hat es satt, nicht wahr? Wir haben es alle so satt, diese Unsicherheit, diese Angst, diesen Terror. Überall Unruhe, nirgends fühlt man sich noch sicher. Am liebsten würden wir wohl alle auf eine einsame Insel ... Wo sie gewesen sei, als das Ding hochgegangen war?

Caren antwortete ihm flüchtig und knapp, schrieb währenddessen an Dan, notierte alles, was sie gesehen, wahrgenommen, in Erfahrung gebracht hatte, tippte Wort für Wort in ihr Handy, was mühsam war, aber sie wollte jetzt nicht mit ihm sprechen, keine Fragen, wollte in diesem Augenblick mit überhaupt niemandem sprechen, weil plötzlich alles so klar und unmissverständlich war, dass sie es nur für sich haben wollte, ungeteilt, ungesagt, unerzählt. *Schreib Du es*, schloss sie ihre Nachricht an Dan, *das sind alle Informationen und alle Bilder, die ich Dir schildern kann, bitte schreib Du es für mich, denn ich muss etwas erledigen, es ist wichtig.*

8

Im Krankenhausflur in der zweiten Etage wartete eine Frau, um die fünfzig, bildschön, schwarze, kurze Haare, braune Augen mit schmalen Brauen, nussbraune Haut, breite, rotgeschminkte Lippen. Sie saß, nicht dick, auch nicht schlank, in Jeans, weißer Bluse, schwarzer Strickjacke und einem roten Schal, der dramatisch um ihren Hals gewickelt war, im Krankenhausflur und sah ins Nichts; ihre ausladende Brust hob und senkte sich in gleichmäßigen Zügen. Die Frau war nicht besonders groß, nur ihre Schuhspitzen berührten den Boden, so, wie sie angespannt und müde auf diesem Stuhl saß, die Kappen ihrer schwarzen Stiefel auf dem Linoleumboden. An der Rezeption hatte man Caren an die Kardiologie verwiesen.

Wenn es sich um einen Notfall handelt, hatte der junge Mann am Eingang gesagt, ein gedrungener Kerl mit blondem, zerzaustem Bart, im Hintergrund lief ein Fernseher mit den aktuellen Nachrichten und Bildern aus Heathrow, haben wir hier noch keine Aufnahme im Computer, fragen Sie oben, vor allem, wenn Sie den Namen des Patienten nicht kennen ...

Und dann hatte er sie, noch einmal, erstaunt angesehen.

Wer erkundigte sich so eindringlich nach einem Patienten, dessen Namen er nicht kannte? Sie hatte ihm gesagt, dass es sich um einen Freund handelte. Dann hatte sie sich korrigiert, nein: Genau genommen habe sie ihn eben erst, beim Bombenattentat in Heathrow, kennengelernt, sie kenne seinen Namen nicht einmal. Nur deswegen hatte ihr der Mann an der Rezeption überhaupt Auskunft gegeben. Wegen der außergewöhnlichen Umstände. *Etwas in der Art*, hörte sie Wittgenstein sagen. Und doch, die Fragen standen dem Rezeptionisten ins Gesicht geschrieben: Was will sie wohl von ihm? Was ist dort am Flughafen zwischen den beiden vorgefallen, dass sie ihn jetzt, nach diesen Geschehnissen, sofort sehen muss?

Caren hatte nicht überlegt, als sie in Bonds Auto gestiegen war. Ihr war klar gewesen, dass ihr erster Weg ins Middlesex University Hospital führen musste, bevor sie an ihre Wohnung in Brook Green überhaupt nur denken konnte, an die Rotbuchen in ihrem Garten, an ihr Schlafzimmer, in dessen Schrank Bens Hemd und sein Pyjama lagen, an ihr Bad, wo seine blaue Zahnbürste im weißen Keramikbecher auf ihn wartete, an ihre Garderobe, an der sein Regenmantel hing. Er würde sich gemerkt haben, an welchen Haken er ihn gehängt hatte. Sie mochte jetzt auch nicht an ihre Nachbarn denken, die morgen früh nun doch nicht die Zeitung aus dem Briefkasten würden nehmen müssen. Doch, ja, dem Aussehen nach konnte die Dame, die da im Krankenhausflur saß, Perserin sein. Ihre Augen das prägnanteste Merkmal – Caren erinnerte sich an ein Interview mit einer Iranerin, die ihr das gesagt hatte: Perser erkennen sich auf der Straße sofort, immer an den Augen.

Aber ob die Dame im Flur wirklich indogermanische Wurzeln hatte? Ob Wittgensteins Ehefrau, für die er ein Bett quer durch London und dann zwei Stockwerke hinauf getragen hatte, überhaupt indogermanische Wurzeln hatte? Im Iran waren zahllose Ethnien zu Hause, ihr Aussehen besagte rein gar nichts, außer dass diese Frau so apart war, dass man sich leicht vorstellen konnte, dass ein Mann für sie allerlei verrückte Dinge unternehmen würde. Da Caren nicht wusste, was sie sagen, ob sie überhaupt ein Gespräch suchen sollte, setzte sie sich auf den Stuhl ihr gegenüber und wartete ab. Wenn es passieren sollte, würde es passieren. Es war kein Geheimnis allein unter Journalisten, dass Schweigen die besten Gesprächsergebnisse bringen konnte. Man musste manchmal nur abwarten. Es war still im Krankenhausflur, 19.20 Uhr, die meisten Besucher waren nach Hause gegangen, das Abendessen war den Patienten längst serviert worden, sie sahen fern oder schliefen. Der Geruch von Krankenhaus nachhaltig. Caren wusste, dass sie ihn noch am kommenden Morgen in der Nase haben würde. Wie damals, als ihre Großmutter im Sterben gelegen und sich die gesamte Familie abgewechselt hatte, um im Hospital bei ihr Wache zu halten. Nächtelang, tagelang. Der Geruch hatte sie alle verfolgt, sich in ihre Haut gefressen, jedem Bad standgehalten. Sie hatten in Zustellbetten neben Audes Gitterbett gelegen, ihre Ruhelosigkeit überwacht, die Sauerstoffmaske gerichtet, ihr Röcheln interpretieren gelernt, mit dem sie, die an Lungenkrebs Erkrankte, nach Luft rang, kaum verständliche Sätze hervorstieß, um Wasser bat, um es sogleich wieder auszuspucken, um Essen flehte, aber nichts bei sich behalten konnte. Sie hatten mit den Krankenschwestern an ihrem Bett geflüstert, mit den Ärzten im Flur gesprochen, mit den Pflegern ihre Bettwäsche gewechselt, und irgendwann, als es sichtlich zu Ende ging, dem Krankenhaus und seinem Geruch, den Desinfektionsflaschen und Infusionsständern den Rücken gekehrt. Ihr Vater hatte Aude einfach mitgenommen und zurück nach Villers sur Mer gebracht, in ihr Haus. Sie hatten ihre Großmutter auf eine Gartenliege gelegt, so, dass sie ihre Apfelbäume und über die Klippe ihren Blick aufs Meer genießen konnte. Und dort, weitab von diesem Geruch, fern von den erschöpften Pflegern und mit nach Wochentagen markierten Tablettendosen, außer Reichweite von gestreifter Bettwäsche und stählernen Nachttischen, war Aude eingeschlafen, derweil ihr Mann ihre Hand gehalten und Caren und ihr Vater neben ihr gesessen und geweint hatten.

Schon sehr früh war die Ehe ihrer Großeltern maßgeblich für das Bild gewesen, das sich Caren von einer Beziehung gemacht hatte. Anders als bei ihren Eltern war es keine professionelle Verbindung gewesen, wie Caren das eingespielte Miteinander ihrer Erzeuger bezeichnen würde, kein von freundlichen Absprachen, höflichem Entgegenkommen, routinierten Abläufen geprägter Alltag. Das Leben ihrer Großeltern war ein einziges Chaos gewesen, von Wünschen und Intuitionen getrieben, ein Konglomerat von Leidenschaft, Liebe und Durcheinander. Sie hatten sich Luft zum Leben gelassen, gemacht, was sie wollten, nichts versäumt, sich alles gegönnt, und einander deswegen so sehr geliebt, dass ihr Großvater nicht eine Träne vergoss, als Aude starb und tot neben ihm auf dieser Gartenliege lag. Mehr geht nicht, hatte er gesagt, mehr, als wir hatten, kann sich kein Mensch wünschen, und vielleicht lag in diesem Augenblick der Fehler. Vielleicht hatte Caren allzu sehr gehofft, in der Beziehung zu Ben genau das zu finden – die Freiheit, die ihre Großeltern sich gelassen hatten, wobei sie übersehen hatte, dass der Wert ihrer Beziehung vor allem darin bestanden hatte, dass sie sich einander verschrieben hatten. Dem einen Menschen verschrieben hatten. Genau so, wie Alma, ihre bodenständige, kluge Freundin Alma, es formuliert hatte.

Die Frau vor ihr stand auf, ging zur Kaffeemaschine am anderen Ende des Flurs und warf eine Münze ein. Caren beobachtete sie, wie sie vor dem Automaten wartete, fragte sich, was sie wohl machte in ihrem Leben. Manchmal konnte man sehen, fand sie, was jemand beruflich tat, konnte ahnen, in welchem Bereich er sich bewegte, zu Hause fühlte. Das Äußere dieser Frau verriet nichts. Von der Hausfrau bis zur vielbeschäftigten Politikerin, Floristin, Kellnerin, Ärztin, Philosophin, Köchin, Anwältin war alles möglich. Ihr Auftreten selbstsicher und gemessen, die Bewegungen geschmeidig und grazil, nichts Plumpes an ihr, nichts Lautes. Den Kaffeebecher in der Hand, ging sie im Flur ein wenig auf und ab, vertrat sich die Beine, las hier ein Plakat, betrachtete dort eines dieser Bilder, die immer in Krankenhausfluren hingen. Aquarelldrucke von Blumen, Landschaften, den Dingen eben, die den Kranken ein Gefühl von Erde und Diesseitigkeit vermitteln sollten. Wenn diese Frau geflohen war, was Wittgenstein so nicht gesagt hatte, aber wenn sie damals geflohen war, als der letzte Schah gestürzt und aus ihrem Land ein Gottesstaat geworden war, lebte sie schon lange in England. Aber vielleicht hatte sie auch zuerst woanders ihr Glück gesucht, und dann – zufällig – Wittgenstein getroffen, der sie nach London mitgenommen hatte. Sofern er in London zu Hause war. Drei Pässe. Drei Nationalitäten.

Ich würde Ihnen auch einen Kaffee mitbringen, sagte die Frau, aber empfehlen kann ich ihn nicht. Er schmeckt scheußlich.

Caren lächelte. Danke. Aber ich möchte keinen. Vielleicht wird er akzeptabel, wenn man erst mehrere Stunden in einem Krankenhaus verbracht hat.

Die Frau setzte sich wieder auf den Platz ihr gegenüber und nickte amüsiert. Das stimmt, ich bin seit Stunden hier.

Sie warten?

Ja. Auf meinen Mann. Er ist gerade im Operationssaal. Und Sie?

Caren winkte ab. Lange Geschichte. Aber ja, ich warte auch.

Worauf?, dachte sie.

Ich lenke Sie ein bisschen vom Warten ab, sagte Caren. Was machen Sie beruflich?

Die Frau stand auf und reichte ihr die Hand: Arezou, ich bin Arezou. Ich bin Restaurantbesitzerin.

Caren schüttelte Arezous Hand und nannte ihren Namen. Arezou ..., sagte sie dann, woher kommt dieser Name?

Ein orientalischer Vorname. Er bedeutet Wunsch.

Haben Sie Ihr Restaurant in London?

Ja, Kensington High Street.

Wie sind Sie darauf gekommen, ein Restaurant zu eröffnen? Liegt das in der Familie, ist es Ihre Leidenschaft?

Alles andere als das! Es war die Idee einer Freundin, nicht meine, und zuerst hatte ich an ein österreichisches Restaurant gedacht, denn ich habe lange Zeit in Wien gelebt. Aber dann wurde es doch ein orientalisches, weil exotischer. Und weil London gerade anfing, sich mit internationaler Küche zu beschäftigen, also bin ich auf Nummer sicher gegangen. Vielleicht hätte es auch seltsam gewirkt, wenn jemand wie ich in England Schnitzel und Palatschinken serviert hätte.

Wie sind Sie nach Wien gekommen?

Bei uns war das Wiener Medizinstudium berühmt, also ist mein Bruder nach Wien gezogen, um zu studieren. Wir anderen sind ihm dann sehr bald gefolgt. Ich war neun, dritte Klasse der Grundschule, ein ziemlicher Kulturschock. Aber das Essen ... Unvergleichlich gut! Meine erste Wurstsemmel werde ich nie vergessen. Zuerst habe ich im Kino gearbeitet. Karten abreißen, Abendkasse und so weiter. Und dann bin ich immer weiter hineingerutscht, hab irgendwann in der Bar des Kinos gekellnert, dann das Restaurant vom Metropol übernommen, nachdem ich dort zunächst die Bar geleitet hatte.

Wo Sie Ihren Mann kennengelernt haben ..., sagte Caren.

Das stimmt, sagte Arezou überrascht. Den habe ich da getroffen. Jeden Abend war er da, drei Monate lang. Dann war er weg. Ganz plötzlich. Drei Wochen später ist er wieder aufgetaucht und hat mich gefragt, ob ich ihn heiraten wolle. Einfach so. Ich habe ja gesagt.

Einfach so.

Ja, einfach so. Da gab es nichts zu überlegen. Er war es.

Was macht Ihr Bruder jetzt?

Er arbeitet als Neurologe in Wien. Kurz vor dem Ruhestand.

Und haben Sie noch mehr Geschwister?

Arezou konnte nicht antworten. Eine Krankenschwester kam den Flur entlang und rief: Da sind Sie ja, Jala! Da bin ich aber froh, Dr. Dawkins hat Sie schon überall gesucht. Was machen Sie denn hier? Sie gehören ins Bett!

Caren sah die Schwester irritiert an. Die rollte mit den Augen und machte, Caren zugewandt, mit der Rechten eine Wellenbewegung vor ihrem Gesicht, so, dass Arezou es nicht sehen konnte. Eine Handbewegung, die wohl einen verwirrten Geisteszustand verdeutlichen sollte.

Sie büxt immer wieder aus!, flüsterte die Schwester Caren zu. Sie zieht sich an, setzt sich in einen unserer Wartebereiche und erzählt Geschichten – immer neue Geschichten, die sie gerade gelesen oder im Fernsehen gesehen hat. Ich hoffe, sie hat Sie nicht belästigt.

Caren schüttelte den Kopf. Nein ... Überhaupt nicht.

Jala verzog den Mund in einer Mischung aus Ärger und Trotz, stand auf, stellte sich neben die Krankenschwester und sah Caren an.

Es hat mich sehr gefreut, Sie kennenzulernen! Schade, dass wir uns nicht weiter unterhalten können, ich hätte Ihnen gern noch mehr von Wien erzählt, von meiner Familie, und Sie ein bisschen vom Warten abgelenkt. Hoffentlich müssen Sie nicht mehr zu lange warten!

Auf wen warten Sie denn?, fragte die Schwester.

Einen Freund, antwortete Caren, er ist vor zwei, drei Stunden als Notfall eingeliefert worden.

Fragen Sie besser in Zimmer 314 nach, bevor Sie hier herumsitzen! Da kann man Ihnen sicher Auskunft geben.

Caren sah Jala und der Schwester nach, ging den Flur entlang zum Zimmer 314. Die Tür stand offen. An einem unaufgeräumten Schreibtisch, in einem spärlich beleuchteten Raum, neben einem stählernen Rollwagen voller Mullbinden, Desinfektionstücher, Pflaster, saß ein Krankenpfleger über einem Teller Suppe und sah Listen durch. Und obwohl sie die Antwort kannte, stellte Caren die Frage. Immerhin – sie musste es versuchen. Der Krankenpfleger schüttelte den Kopf, sah die Papiere auf seinem Schreibtisch durch.

Nein, wiederholte er. Kein Notfall in den letzten fünf Stunden. Überhaupt kein Neuzugang an diesem Tag.

Er rief in der Notaufnahme an und gab Carens Beschreibung von Wittgenstein durch. Größe, Kleidung. Aktentasche. Dazu alle Eckdaten. Heathrow. Uhrzeit. Krankentransport. Nachmittag.

Sie hörte an seinen Antworten – langgezogenen mmhs und dazwischen: ja, verstehe –, dass niemand diesen Mann gesehen hatte. Dann rief er, ohne dass sie erst darum bitten musste, auch die Abteilung Innere Medizin und die Rezeption an. Nur zur Sicherheit. Er nannte dieselben Stichworte. Schließlich legte er auf und hob ratlos die Schultern.

Es tut mir leid, sagte er. Vielleicht haben sie unterwegs entschieden, in ein anderes Krankenhaus zu fahren? Ich kann es mir jedenfalls nur so erklären.

Caren bedankte sich, ging zurück in den Wartebereich und setzte sich. Sie blieb lange in dem stillen Flur, den Blick auf den taubenblauen Linoleumboden gerichtet. So also, dachte sie und freute sich leise, hatte er es sich ausgedacht. Sie nahm Wittgensteins Heft aus ihrer Tasche und blätterte darin, überflog noch einmal die Notizen, seine sprunghafte Annäherung an das Unmögliche, sah nach, wie viele Seiten sie noch nicht gelesen hatte, was es noch zu tun gab. Und dann, gerade, als sie das Cahier zuklappen und aufstehen wollte, fiel ihr Blick auf die letzte Seite, vor der einige leer geblieben waren.

Das Rätsel gibt es nicht. Wenn sich eine Frage überhaupt stellen lässt, so kann sie auch beantwortet werden. (Wittgenstein) Schreiben Sie diesen Tag auf, Caren, er ist die Rückseite, die wir suchen. Ihre und meine Geschichte. Das Leben gegen die Unruhe. Das Erzählen ist das Medium der kollektiven Intelligenz, die beste Waffe gegen Angst, die einzige gegen Schuld.

Caren lachte auf. Sie saß im Krankenhausflur des Middlesex University Hospitals, wo er, der keinen Herzanfall gehabt hatte, überhaupt nie hingefahren war, und sie lachte laut. Er hatte sie an der Nase herumgeführt. Natürlich. Würde ein Philosoph wie er den Anfang von Wittgensteins *Tractatus* rezitieren müssen, um ihn sich ins Gedächtnis zu rufen? Natürlich nicht. Aber sie war darauf angesprungen. Es war sein Gesprächsangebot gewesen. Ein Test. Und sie war darauf angesprungen. Der Himmel wusste, wie er von der Herzmassage am Flughafen keine echten Herzrhythmusstörungen bekommen hatte. Wie er die Sanitäter dazu gebracht hatte, ihn irgendwo abzusetzen, oder wie er sich brav in die Notaufnahme hatte bringen lassen, um im nächsten Moment davonzuschleichen. Wahrscheinlich saß er längst in einem Auto Richtung Fähre, Ziel Frankreich, um seine Austern zu essen. Vielleicht befand er sich auch in einem Zug Richtung Schottland, um an diesem Abend an irgendeinem Kaminfeuer Cognac zu trinken. Eventuell las er gerade in einer alten Fabrikhalle im Londoner East End Ludwig Wittgenstein und seine Frau brachte ihm ein Glas Wein. Caren betrachtete seine klare, kluge Handschrift, strich über sein Heft, über die Worte, die er für sie geschrieben hatte. Natürlich. Hier sind Drachen, dachte sie, *hic sunt dracones*. Das hatte er ihr eigentlich sagen wollen, so, wie die alten Seefahrer und Kartographen es über unerforschte Gebiete notiert hatten: *Hic sunt dracones*. Die weißen Flecken auf der Landkarte: hier waren sie. Sie beide suchten die Orte, von denen man nichts wusste, vor denen man sich fürchtete, an denen Drachen lauerten, Seeschlangen, Monster, Ungeheuer. Ein Terrain, das es zu ergründen galt, sosehr man es fürchtete, etwa das Ungesagte fürchtete wie die Schuld und den unberechenbaren Terror. Nur wenn man dieses Gebiet bereiste und davon erzählte, würden die Drachen besiegt auf eine Weise, in der Wittgenstein an diesem Tag seinen Drachen erlegt hatte. Vielleicht würden ihre eigenen Drachen weniger schnell, vielleicht nicht mit einer, sondern mit hundert Geschichten bezwungen werden. Aber hingehen musste sie. Davon erzählen musste sie. In einer Weise, in der es zuvor niemand getan hatte. Das hatte Wittgenstein gemeint. Er hatte es die ganze Zeit über gewusst, und während all seiner Recherchen, wie lange sie auch gedauert haben mochten, immer nur auf diesen Moment gewartet, unbeirrbar, überzeugt, dass er kommen würde. Er, der Philosoph, den das Alltägliche beunruhigte, der ein Experiment mit sich und der Welt in Angriff genommen hatte, er hatte auf diesen einen Zufall gewartet, der wie eine Selffulfilling Prophecy eingetreten war und Caren und ihn zusammengeführt hatte. Wittgenstein war bewusst gewesen, dass es die eine Person für seine Geschichte gab, eine Person, der er seine Geschichte im richtigen Augenblick nur überlassen musste. Und das also war sie, dachte Caren und staunte: die Geschichte, die sich Caren zur Autorin auserkoren hatte, eine unerwartete Geschichte, ohne Auftrag, ohne Anlass, ohne Erwartung. Keine journalistische Aufgabe, nur eine Frage ihrer Wachsamkeit und ihres Glaubens an das Gute des Zufalls, den Wittgenstein ihr zurückgebracht hatte.

Immer noch lachend stand sie auf, winkte dem Krankenpfleger, der sie gehört und – um nachzusehen, ob alles in Ordnung war – kurz aus Raum 314 in den Flur getreten war. Sie ging zurück zu Bonds Wagen. Als sie in seinem Büro hinter den Spiegelwänden gesessen hatte ... vermutlich hatte Wittgenstein in diesem Moment das Namensschild an ihrem Koffer gelesen. Vielleicht hatte er auch mit seinem Handy, sofern er über eines verfügte, den *Independent* gegoogelt, nach ihr gesucht. Jedenfalls hatte er ihren Namen herausfinden wollen und auch herausgefunden, um den letzten Satz unter seine Notizen, den Schlusspunkt unter sein Experiment setzen zu können.

Der Fahrer hatte sich einen Kaffee im Krankenhausfoyer geholt, saß hinterm Steuer und hörte Radio. Eine sachliche, weibliche Stimme berichtete von der Pressekonferenz, die soeben am Flughafen stattgefunden hatte. Ersten Ermittlungen zufolge, sagte sie, als Caren einstieg, handelt es sich um einen Einzeltäter mit britischem Pass, der sich aus noch unbekannten Gründen in der Maschine, die um 12.50 Uhr aus Istanbul in Heathrow eingetroffen war, in die Luft gesprengt und zweiundzwanzig Menschen mit in den Tod gerissen hat. Warum er die Bombe erst bei der Landung gezündet hat, ist rätselhaft. Es gibt zu diesem Zeitpunkt weder ein Bekennerschreiben noch weitere Hinweise auf das Motiv. Zwar habe es am Vormittag einen anonymen Anruf gegeben, der vor einem Bombenattentat am Flughafen gewarnt hätte, doch stünde dieser Anruf in anderem Zusammenhang, der psychisch kranke Täter sei bereits gefasst und geständig, habe keinerlei bekannte Verbindungen zu terroristischen Vereinigungen und, sofern bis hierher bekannt, auch keine Verbindungen zu dem Attentäter.

Zurück zum Flughafen, bitte, sagte Caren.

Natürlich, antwortete der Fahrer. Sehr vernünftig! Sie haben sich also für die Reise auf eine andere Insel entschieden.

Stimmt, sagte Caren. Eine Insel in Paris.

Liebe Zeit, erwiderte er und schüttelte den Kopf, da kommen Sie doch vom Regen in die Traufe!

Wissen Sie, entgegnete Caren, das glaube ich nicht. Absolut nicht. Aber das ist eine andere Geschichte.

Dank

Kristina Dörlitz und ihrem *Vorzimmer*: Danke! Fundiert, professionell, gleichermaßen analytisch wie empathisch habt Ihr Euch darauf eingelassen, Unmögliches mit mir zu denken; von der moralischen Unterstützung ganz zu schweigen. Großer Dank, liebe Kristina.

Ohne Jost Lammers, Vorstandsdirektor der Budapest Airport Zrt., würde ich nach wie vor nur ahnen, was sich hinter den Spiegelwänden eines Flughafens verbirgt ... Danke, Jost, für einen Einblick ins Krisenmanagement in der Luft und am Boden.

Christian Döring danke ich zutiefst für die richtigen Worte zur rechten Zeit, den gespitzten Bleistift, seinen wertvollen Rat und all unsere schönen Gespräche bei zwei, drei Kaffee in Berlin.

Herzlichen Dank, lieber Andreas Paschedag, für einen wunderbaren Auftakt in gemeinsamer Textbearbeitung und Deine so klugen, bunten Randbemerkungen!

Andreas von Stedman und Marietta Thien danke ich herzlich für ihre Hilfe und ihr stetes Dasein nicht nur rund ums Buch.

Stacie McCormick schicke ich einen großen Dank nach London: für den Zufall, der keiner war.

Michel Friedman – von Herzen Dank für stets spannende, gute Gespräche, fürs Lesen des Manuskripts und die so einfühlsamen wie treffsicheren und unerbittlichen Anmerkungen.

Literatur

Ahrends, Martin: »Die Liebemacher«. In: *Christ & Welt* in *Die Zeit*, 22/2015

Creswell, Robyn und Haykel, Bernard: »Why Jihadists Write Poetry«. In: *The New Yorker*, 08.06.2015

Gourevitch, Philip: »The Paris Attacks – Aftermath and Prelude«. In: *The New Yorker*, 14.11.2015

Grevers, Laetitia; Herpel, Gabriela; Rühle, Alex; Wagner, Lorenz: »Wir klingen alle so, als müsste uns irgendwer erlösen«. In: *Süddeutsche Zeitung Magazin*, 17/2015

Klein, Stefan: *Alles Zufall*. Reinbek 2005

Konersmann, Ralf: *Die Unruhe der Welt*. Frankfurt 2015

Kristeva, Julia: »Comment peut-on être djihadiste?« In: *Slate-Magazine*, 02.12.2015

Minkmar, Nils: »Es sind einfach zu viele!« In: *Frankfurter Allgemeine Sonntagszeitung*, 08.02.2015

Müller-Jung, Joachim: »Wenn Sie diesen Fisch sehen, ist Ihnen der Klimawandel auf den Fersen«. In: *Frankfurter Allgemeine Zeitung*, 03.06.2015

Roy, Arundhati: »Not again«. In: *The Guardian*, 30.09.2002

Schneider, Victoria: *Seid ihr Charlie? Ein Januar in Paris*. München 2015

Staun, Harald: »Sie nannten ihn Satan«. In: *Frankfurter Allgemeine Sonntagszeitung*, 15.02.2015

Taleb, Nassim Nicholas: *Der Schwarze Schwan – Die Macht höchst unwahrscheinlicher Ereignisse*. München 2008

von der Wense, Hans Jürgen, Brief an seinen Freund, den Komponisten Ernst Krenek